Thomas Brussig
Schiedsrichter Fertig

Thomas Brussig

Schiedsrichter Fertig

Eine Litanei

Residenz Verlag

Bibliografische Information der Deutschen Bibliothek
Die Deutsche Bibliothek verzeichnet diese Publikation in der Deutschen Nationalbibliografie; detaillierte bibliografische Daten sind im Internet über http://dnb.ddb.de abrufbar.

www.residenzverlag.at

Umschlaggestaltung: Ramona Scheiblauer
Typografische Gestaltung, Satz: wolf, www.typic.at
Gesamtherstellung: CPI Moravia Books

ISBN 978 3 7017 1481 0

Für Dietrich Simon

Als ich das Gerichtsgebäude verließ, kam mir der Gedanke in den Kopf, daß die Redensart *Irren ist menschlich* in hervorragender Weise das Kriterium erfüllt, das auf nahezu alle Redensarten zutrifft: Sie ist hohl. Hohler als *Das Beste kommt immer zum Schluß*, sogar hohler als die ohnehin schon bodenlos dumme Redensart *Die Ausnahme bestätigt die Regel.* Es gibt so viele offensichtlich hohle, dumme und lächerliche Gedanken, die, in eine Redensart gegossen, von frustrierender Zählebigkeit sind, doch *Irren ist menschlich* ist zweifellos die hohlste aller Redensarten. Als ob uns erst der Irrtum zu Menschen macht! Als ob Irren erstrebenswert wäre, als ob der Irrtum den Menschen adelt, als ob Tiere nicht irren! Als ob Urheber und Verbreiter dieser Redensart glauben, sich irrende Tiere seien menschlich! Was ist an einem Vogel, der gegen eine Scheibe fliegt, menschlicher als an einem Piloten, der sein Flugzeug sicher landet? Die Methode, Wörter beim Wort zu nehmen, erlebte ich das erste Mal und auch am eindrucksvollsten bei Herrn Lüdemann, dem Vater meiner Mitschülerin Judith Lüdemann, in die ich mit zehn, elf Jahren verliebt war und die auch im selben Haus wohnte. Wenn Herr Lüdemann von seiner Arbeit nach Hause kam, nahm er einen Stuhl, stellte ihn in die Zimmermitte und begann ein Gespräch, er brach mit mir das Brot seines Wissens, indem er unnachahmlich lustvoll einfach Wörter beim Wort nahm. Daran dachte ich, während ich aus dem Gerichtsgebäude trat, wo ich eben als Antragsteller *und* namens des Antragsgegners auftrat und dadurch einen Prozeß gleichzeitig gewinnen *und* verlieren werde, allerdings nicht so, wie ich es mir gewünscht hatte, denn als Antragsteller schätzte ich meine Chancen schlechter ein als meine Chancen namens des Antragsgegners. Wenn es andersherum kommt, werde ich den Prozeß zwar auch gleichzeitig gewinnen *und* verlieren, aber ich, der ich auf beiden Seiten stehe, werde ihn dann für die richtige Seite gewinnen und für die andere Seite verlieren. Auf beiden Seiten zu stehen ist nicht das gleiche wie auf keiner Seite zu stehen, dachte ich, aus dem Gerichtsgebäude tretend, es ist etwas grundsätzlich anderes. Auf zwei Seiten zu stehen, das kann ich überhaupt nicht, darin fehlt mir die Übung, während ich mir mit dem anderen, dem Auf-keiner-Seite-Stehen, einen Namen gemacht habe. Auf keiner Seite zu stehen, unparteiisch zu sein, und das auf hohem Niveau, ist ein gefragtes Talent. Seit zwei Jahren bin ich sogar weltweit unparteiisch, doch die paar Klienten, die in mein Versicherungsbüro kommen, weil sie mit einem FIFA-Schiedsrichter, wie es offiziell heißt, plaudern wollen über berühmte Profis und wie sie wirklich sind, rein menschlich, stehen in keinem Verhältnis zu den allgegenwärtigen Feindseligkeiten, wegen vermeintlich fehlerhafter Pfiffe, in Spielen, an die ich mich selbst kaum noch erinnere. Das bißchen Interesse und Respekt, das ich gelegentlich erlebe, wenn ich mich gegenüber Unbekannten als Schiedsrichter vorstelle, steht in keinem Verhältnis zu dem Schock und dem Mißtrauen, das mir viel öfter bei derartigen Gelegenheiten entgegenschlägt. Wir Schiedsrichter müssen damit leben, in der öffentlichen Meinung als größenwahnsinnige, herrschsüchtige und hagestolze Bürokraten zu gelten, die nur Schiedsrichter geworden sind, um sich an ihrer gottgleichen Macht zu berauschen. Eitle Pedanten sollen wir sein, fragt man den Mann auf der Straße, die aus der hündischen Unterwerfung ihres Alltags ausbrechen und die

Schiedsrichterrolle benutzen, um ihre unterdrückten Allmachtsphantasien auszuleben. Zu-kurz-Gekommene sollen wir sein, die nie im Leben was zu melden haben und auf dem Spielfeld lang angestaute Defizite kompensieren. So ungefähr sieht die Meinung der Straße über uns aus. Wobei die sogenannte Meinung der Straße, nach allem, was ich in den letzten Jahren beobachtet habe, grundsätzlich die Beute von Kamerateams ist, die vorzugsweise an Tankstellen Meinungen einholen, natürlich auch Meinungen über uns Schiedsrichter. Die Meinung der Straße ist in Wirklichkeit die Meinung der Tankstelle, und der einfache Mann auf der Straße ist in Wahrheit jeder, der mit einer Zapfpistole hantiert. Nirgends sonst auf der Welt werden so dumme Sachen gesagt wie in Gegenwart von Fernsehteams an Tankstellen. Ohnehin ist nichts so dumm wie die sogenannte öffentliche Meinung, aber das Dümmste an öffentlicher Meinung sammeln immer Fernsehteams und immer an Tankstellen. Als ob in der benzolhaltigen Luft das Hirn weich wird und aus der Frage eine Art Essenz zieht, auf das reflexhaft entfernt verwandte Stichworte assoziiert werden, die im benzoldurchweichten Hirn hin und her und schließlich über die Lippen schwappen. *Schiedsrichter? Sind doch alle blind, die korrupten Verbrecher, der war niemals hinter der Linie, ist doch alles Schiebung!* Tankstellenmeinungen sind das Unterste und Peinlichste an Meinung, was über den Sender geht, viel peinlicher als Fußgängerpassagenmeinungen, peinlicher als Rathausplatzmeinungen und sogar peinlicher als Bahnhofshallenmeinungen. Jedes Tankstellenkamerateam scheint zudem eine Art Untergrenzenerweiterung von öffentlicher Meinung im Sinn zu haben, denn jeder neue Beitrag von Tankstellenmeinungen stellt den vorigen Tankstellenmeinungsbeitrag noch in den Schatten und verwandelt ihn posthum gleichsam in einen Philosophiekongreß, so atemberaubend rasant ist die Talfahrt des Niveaus der Tankstellenmeinungen. Die Tankstellenmeinung sieht uns Schiedsrichter als lächerliche und letztlich bemitleidenswerte Wichtigtuer, die sich einen Trillerpfeifenmachtrausch verschaffen. Zugegeben, wenn ich einem Superstar Rot zeige, dann fühle ich mich wie ein Henker, der einen König hängt. Wie ein Jakobiner, der Adlige köpft. Wie ein Bolschewik bei der

Erschießung des Zaren. Dazu legitimiert zu sein, sich an jemandem zu vergreifen, dessen Ansehen weit über dem eigenen steht, ist mit widersprüchlichen Gefühlen begleitet. Doch anders als die Tankstelle von uns denkt, hat jeder von uns Schiedsrichtern im kleinen Finger mehr angeborene Autorität, als alle Tankstellenmeinungen der ganzen Gilde zubilligen. Kein Schiedsrichter, der nicht von sich aus eine gewisse Autorität ausstrahlt, kann auf dem Spielfeld etwas darstellen. Ohne Ausstrahlung, ohne instinktives Durchsetzungsvermögen schafft es kein Schiedsrichter auch nur bis zum Münzwurf im Mittelkreis. Wer schon im Leben versagt, wird auf dem Spielfeld erst recht versagen. Wer ein verkorkstes Leben hat, wird auch auf dem Spielfeld verkorkste Vorstellungen bieten. Was uns im übrigen von den Fußballern unterscheidet, denn manche der sogenannten Genies am Ball waren die bedauerlichsten Versager im Leben. Daß keines der sogenannten Genies am Ball, egal, ob sie im späteren Leben versagen oder nicht versagen, wichtigster Mann auf dem Spielfeld sind, sondern daß der Schiedsrichter der wichtigste Mensch auf dem Spielfeld ist, muß so wenig betont werden wie die

Tatsache, daß der Chirurg der wichtigste Mensch im Operationssaal ist. Obwohl die Bedeutung des Schiedsrichters als dem wichtigsten Mann auf dem Spielfeld sonnenklar ist, wird sie doch hartnäckig geleugnet, dachte ich, als ich die Freitreppe vor dem Gerichtsgebäude hinunterlief. Geleugnet und mit aller Macht totgeschwiegen. Geleugnet und mit aller Macht totgeschwiegen, obwohl doch jeder weiß, daß sich, wenn sich zwei Mannschaften in identischer Aufstellung innerhalb einer Woche begegnen, zwei völlig unterschiedliche, ja grundsätzlich andere Spiele entwickeln können, so wie auch ein und dieselbe Patientin ein gänzlich entgegengesetztes Schicksal erwarten kann, je nachdem, ob sie von diesem oder von jenem Chirurgen operiert wird. So wie eine Operation gleichsam mit den Schnitten entsteht, an ihnen entlang vollzogen wird und mit jedem Schnitt mehr Gestalt annimmt, so entsteht auch ein Spiel mit den Pfiffen, wird an ihnen entlang vollzogen und nimmt mit jedem Pfiff mehr Gestalt an. Ich habe es in der Hand, ein Spiel völlig zu zerpfeifen, wie es ein Chirurg in der Hand hat, seine Patientin völlig zu zersäbeln, und mir kann ein Spiel aus dem Ruder laufen, wenn ich die nötigen Pfiffe scheue, wie auch ein zaghafter Chirurg dem Übel nicht Herr wird, wenn er die nötigen Schnitte scheut. Während jedoch Chirurgen mit ihrer Bedeutung kokettieren und ohne mit der Wimper zu zucken die ungeheuerliche Bemerkung stehenlassen, der Chirurg sei der wichtigste Mensch im Operationssaal, wo es doch der Patient ist, ist es mir nur unangenehm, wenn die überragende Bedeutung der Schiedsrichter betont wird. Gewiß, der Schiedsrichter ist im wahrsten Sinne des Wortes der Spielgestalter, der eigentliche Spielmacher – aber kein Schiedsrichter kostet diese Rolle auch noch aus. Und darf sie auch nicht auskosten. Als der beste Schiedsrichter gilt derjenige, den man gar nicht merkt. Das meinen jene, die sich zumindest oberflächlich mit dem Schiedsrichter beschäftigen. Der überwiegende Teil des Publikums beschäftigt sich ja nicht mal oberflächlich mit Schiedsrichtern, sondern hat sich in der Meinung eingerichtet, daß Schiedsrichter erstens blind und zweitens bestechlich sind. Aber jenseits von dieser Tankstellenmeinung hat es der Gedanke, daß man den besten Schiedsrichter nicht merkt, zu einiger Popularität gebracht. Der Schiedsrichter sollte dieser Ansicht zufolge ein über den Platz oszillierendes Neutrum sein, das nie dem Ball oder den Spielern im Wege steht und sozusagen ein Medium ist, das den in Worte gefaßten Fußballregeln zu ihrer Geltung im Spiel verhilft. Der Dolmetscher, der die Theorie der Fußballregeln mittels Trillerpfeife und Gesten in die Praxis des Spielgeschehens übersetzt. Unparteiisch, unbestechlich, blind und taub gegenüber den Zuschauern, wie überhaupt alles ignorierend, was außerhalb des Spielfeldes stattfindet. Träfe die hohle Redensart *Irren ist menschlich* zu, wären unmenschliche Schiedsrichter gleichsam erwünscht, denn jeder schiedsrichterliche Irrtum zieht bekanntlich Diskussionen nach sich – und schon spräche man über den Schiedsrichter, was wiederum dem Anspruch entgegensteht, daß man ihn nicht merken darf. Eine Art Bürokrat im Weberschen Sinne soll er also sein, also einer, der mit Regeln gefüttert wurde und Entscheidungen produziert, ohne Ansehen der Person, dank sturer und zuverlässiger Regelauslegung. Das klingt ungeheuer staatstragend, und die Tatsache, daß ein Schiedsrichter, der es weit bringen will, spätestens mit sechzehn Jahren anfangen muß, tritt zuverlässig weitere Lawinen von Verdächtigungen los. Denn daß Spitzenschiedsrichter ihre Pubertät damit verbracht haben, ihre eigene Regelgläubigkeit zu entdecken und sich in eine fanatische, lebenslang vorhaltende Regelwütigkeit hineinzusteigern, liegt weit jenseits der Norm, nach der die Pubertät mit Trotz, Rebellion und antiautoritären Affekten zuzubringen sei. Was meine Person angeht, spielte ich Fußball, seit ich zehn war, wie tausende auch, und machte mit sechzehn einen Wochenendkurs für Schiedsrichter, weil mein Verein einen Schiedsrichter stellen mußte. Die Wahl fiel auf mich, weil ich wegen einer Roten Karte für zwei Spiele gesperrt war und demnach an dem Kurs teilnehmen konnte, ohne der Mannschaft bei den Wochenendspielen zu fehlen, denn aufgrund der Sperre fehlte ich ihr ja sowieso. Nichts daran ist außergewöhnlich, nichts deutete darauf hin, daß ich es weit bringen würde, und das Kuriosum, daß ich einer Schiedsrichterentscheidung, und zwar einer Schiedsrichterentscheidung *gegen* mich, den Beginn meiner Schiedsrichterkarriere verdanke, ist ein Happen, auf den sich noch jeder Pressemensch dankbar gestürzt hat;

Geschichten dieser Art mögen sie. Die Pointe, es hätte sich um eine unberechtigte Rote Karte gehandelt und ich wäre nun Schiedsrichter geworden, um es besser zu machen, um das Unrecht von den Fußballplätzen zu verbannen, kann ich denen, die mich interviewen, nicht bieten, obwohl sie eine solche Pointe sehr gern hören würden, denn eine Pointe, die ein stimmiges Bild von einem Schiedsrichter erzeugt, das lieben sie. Wie sie überhaupt stimmige Bilder lieben. Die ganze Welt mag unstimmig sein, widersprüchlich, dissonant, unerklärlich und völlig gaga, doch die Zeitungen zeichnen stimmige Bilder, die Kommentare sind logisch, das Fernsehen berichtet von simplen und übersichtlichen Konflikten, und nach dreieinhalb Minuten oder hundertfünfzig Zeilen ist alles klar, eindeutig und geordnet. Die Geschichte von dem zu Unrecht vom Platz Gestellten, der daraufhin auszieht, Schiedsrichter zu werden, hätte ins Bild gepaßt. Doch mit dieser Geschichte kann ich nicht dienen, woraufhin all diese Reporter und Interviewer enttäuschte Gesichter machen, als sei ich daran schuld, daß meine Schiedsrichterwerdung dieser oder irgendeiner anderen Pointe entbehrt. Dafür erzähle ich ihnen die Geschichte vom Taschengeld, das ich aufbessern wollte, und vom Westgeld, das es zu verdienen gab. Auf die Geschichte stürzen sie sich auch gerne, wie sie sich überhaupt auf alles stürzen, was mit Geld zu tun hat. Fünf Mark gab es für meinen ersten Einsatz, Ostmark wohlgemerkt, das war natürlich nicht der Rede wert, aber ein halbes Jahr später fiel die Mauer, und ich konnte auch im Westen pfeifen, da gab es vierzehn Mark pro Einsatz, Westmark wohlgemerkt, und wenn ich an manchen Wochenenden drei oder vier Spiele pfeifen konnte, verdrei- oder vervierfachte sich dieser Betrag nochmals, und das war eine Menge Geld für einen Sechzehnjährigen. Zumal im Osten die Schiedsrichterei zu Wendezeiten der blanke Horror war, Autoritäten aller Art wurden gestürzt, verlacht und ignoriert, da ging es den Schiedsrichtern auch nicht besser. Ständig wurde diskutiert und reklamiert, und einmal protestierte ein Zehnjähriger mit dem Ruf »Wir sind das Volk!« gegen eine Strafstoßentscheidung. Das mußte ich mir für fünf Ostmark nicht antun. Die jeweils vierzehn Westmark mußten aber auch erst verdient werden, denn auch wenn es im Westen keine

Spieler gab, die mit *Wir sind das Volk* meine Autorität anzutasten suchten, gab es doch türkische Jugendmannschaften, bei denen sich immer gleich die halbe Mannschaft über nachteilige Entscheidungen erregte. Oder die ganze Ersatzbank. Bei Spielen mit türkischen Jugendmannschaften passierte es immer wieder, daß urplötzlich ungeahnte Leidenschaften ausbrachen und eine Horde Spieler auf mich zurannte, schreiend, fluchend, mit weit aufgerissenen Augen und den Armen fuchtelnd. Jeder Schiedsrichter fängt unten an, jeder. Es gibt keine Quereinsteiger. Es gibt Fußballspieler, die werden nach dem Ende ihrer Karriere als erstes Nationaltrainer, es gibt Wissenschaftler, die werden Minister, ohne daß sie je mit Politik zu tun hatten. Bei den Schiedsrichtern kommt jeder, ohne Ausnahme, von ganz unten, aus dem tiefsten Schlamm, aus einfachsten Verhältnissen. Jeder Schiedsrichter, ohne Ausnahme, kennt die Sitten in den unteren Ligen. Kennt die Väter, die das Publikum gegen den Schiedsrichter aufhetzen, erinnert sich an die eine Mutter, die den Schiedsrichter mit »schwule Sau!« beschimpft, kennt die platten Reifen nach dem Spiel und das Krachen anonymer Tritte gegen die Tür seiner Umkleidekabine. Die meisten Schiedsrichter kennen sogar nur die Sitten der unteren Ligen und nicht die Sitten in den höheren Ligen. Die Sitten der unteren Ligen und die Sitten in den höheren Ligen sind in manchen Dingen gleich und in manchen Dingen unterschiedlich. Gleich sind sie, wenn es um zerschnittene Reifen, Telefonterror, Manipulationsversuche und Morddrohungen geht. Dafür sind die Beschimpfungen in den höheren Ligen andere als in den unteren Ligen. In den unteren Ligen sind die Beschimpfungen grell und einzeln, in den oberen Ligen sind sie permanent und zuverlässig. In den unteren Ligen haben die Beschimpfungen einen Urheber, in den oberen Ligen sind sie anonym. In den unteren Ligen tröpfeln und sticheln die Beschimpfungen, in den oberen Ligen sind es ganze Pfeilwolken von Beschimpfungen, die auf den Schiedsrichter abgeschossen werden, Giftschwaden von Beschimpfungen, die über dem Stadion hängen und wabern, Wogen von Beschimpfungen, die über den Schiedsrichter hereinbrechen. Neunundneunzig Prozent der Schiedsrichter kennen das Gefühl eines pfeifenden, schreienden, tobenden Stadions gar nicht. Weil sie nur auf den Sportplätzen der unteren Ligen pfeifen. Man muß es sich hart erarbeiten, ausgepfiffen zu werden. Von achtzigtausend ausgepfiffen und angeschrien zu werden, das schaffen nur ganz, ganz wenige. Von achtzigtausend wütenden, rasenden Menschen ausgepfiffen, angepöbelt, beschimpft, angebrüllt, beleidigt, bedroht und vor ihnen in Sicherheit gebracht zu werden, ist das Höchste, das Größte, was ein Schiedsrichter erreichen kann, dachte ich auf den letzten Stufen der Freitreppe vor dem Gerichtsgebäude. Die dreitausendachtundsechzig Euro, die ich heute für jedes Spiel und die damit verbundenen Haßausbrüche bekomme, klingen nach sehr viel Geld. Dreitausendachtundsechzig Euro für neunzig Minuten halten alle für überbezahlt. Auch dann, wenn sie wissen, daß ein Schiedsrichter grundsätzlich einen Tag vor dem Spiel anreist und meist am Tag nach dem Spiel abreist. Die wenigsten Menschen bekommen dreitausendachtundsechzig Euro in drei Tagen, und so glaubt jeder, der keine dreitausendachtundsechzig Euro in drei Tagen oder im Monat, vielleicht nicht einmal in einem Vierteljahr verdient, dreitausendachtundsechzig Euro für drei Tage Arbeit ist hoffnungslos überbezahlt. In Wirklichkeit sind dreitausendachtundsechzig Euro für drei Tage hoffnungslos unterbezahlt, selbst für neunzig Minuten sind dreitausendachtundsechzig Euro ein Hohn, ein unverschämter Billiglohn. Dreitausendachtundsechzig Euro sind ein kümmerliches Almosen für das, was sich ein Schiedsrichter in den neunzig Minuten seines Einsatzes gefallen lassen muß. Gemessen an den Geldstrafen, die ein Gericht bei Beleidigungen von Amtspersonen verhängt – und daran, daß ein Schiedsrichter eine Art Amtsperson ist, besteht kein Zweifel –, müßte ein Schiedsrichter das Zehnfache, Hundertfache, Tausendfache dessen kriegen, was er letztlich bekommt. Schon das Duzen eines Polizisten kostet fünfhundert Euro, der *Scheißbulle* tausend. Einmal eine Politesse *dumme Kuh* nennen kostet achthundert Euro. Dafür, daß mich -zigtausende Menschen neunzig Minuten lang anschreien, duzen, beleidigen und beschimpfen dürfen, daß sie ein um das andere Mal singen dürfen *Hängt es auf, das schwarze Schwein, es soll nie-hie mehr glücklich sein*, dafür, daß sie mir aus vollem Halse übelste, unflätigste Beschimpfungen entgegenkrakeelen dürfen, mit allem, was die deutsche Sprache und die eigene Lunge hergibt, sind dreitausendachtundsechzig Euro doch eine lachhafte, eine erbärmliche Entschädigung. Natürlich ist die Frage *Warum, Herr Fertig, sind Sie überhaupt Schiedsrichter geworden?* eine der häufigsten Fragen, die ich höre (neben *Bist du blind?* und *War der in Wembley drin oder nicht?)* – aber eigentlich meint die Frage: *Warum, Uwe Fertig, tust du dir das überhaupt an?* Zudem ist diese Frage nie aufrichtig, wer sie stellt, sucht immer nach einem verräterischen Zungenschlag, der mich dessen überführt, was die Tankstelle über einen Schiedsrichter zu wissen glaubt. Ein Schiedsrichter will sich nur daran berauschen, daß alles nach seiner Pfeife tanzt. Indem die Tankstelle die schiedsrichterliche Autorität zumindest ansatzweise mit der Trillerpfeife in einen Zusammenhang bringt, ahnt sie etwas. Es ist vermutlich auch das einzige, was die Tankstelle von der Schiedsrichterei erahnt. Die Trillerpfeife ist für den Schiedsrichter das, was für den Chirurgen das Skalpell ist. Ein Pfiff ist nämlich ebensowenig rückgängig zu machen wie ein chirurgischer Schnitt. Es gibt spielentscheidende Pfiffe, unverzichtbare Pfiffe, Pfiffe, nach denen nichts mehr ist wie zuvor. Pfiffe, die so unvermeidlich sind wie ein gekonnter chirurgischer Schnitt. Übrigens sind die größten Skeptiker gegenüber einem schiedsrichterlichen Pfiff die Schiedsrichter selbst, denn ein Schiedsrichter weiß, daß mit jedem Pfiff seine Spielräume schrumpfen. Und er selbst dadurch mitschrumpft. Dieses Diktum gilt übrigens nicht nur für Pfiffe, die kommen, sondern auch für die Pfiffe, die ausbleiben, dachte ich, als ich den riesigen, leeren Platz zu Füßen des Gerichtsgebäudes betrat, ein Platz von beklemmender Leere und mit den ungefähren Abmessungen eines Spielfeldes, so daß ich, um zu meinem Auto auf der diagonal gegenüberliegenden Seite zu gelangen, diagonal über den Platz gehen mußte, also auf der Linie, die in den Lehrbüchern als ideale Bewegungslinie des Schiedsrichters gilt. Doch die wahre Linie, *seine* Linie, muß sich ein Schiedsrichter erpfeifen. Ohne die Linie, die sich ein Schiedsrichter erpfeift, nutzt alles Wissen aus den Lehrbüchern praktisch nichts. Und trotzdem hat niemand die Courage, öffentlich auszusprechen, daß eine Trillerpfeife Fingerspitzengefühl, Intelligenz, ja feinfühlige Virtuosität verlangt. Trillerpfeife, das ist Kasernenhofstumpfsinn, Turnvaterjahnstumpfsinn, Dritte-Welt-Verkehrspolizistenstumpfsinn. Die Tankstelle benutzt die Trillerpfeife, um dem Schiedsrichter eine konservativ-reaktionäre und spielverderberische Veranlagung und überhaupt Rückständigkeit zu unterstellen. Ohne die Trillerpfeife wäre die Autorität des Schiedsrichters doch praktisch nicht mehr vorhanden, heißt es, ohne Trillerpfeife müßte der Schiedsrichter mit einem stumpfen Schwert kämpfen, heißt es. Das ist allerdings wahr. Genauso wahr wie die Bemerkung, daß der Schiedsrichter dadurch komplett entmachtet wäre, wenn alle Zuschauer eigene Trillerpfeifen mitbrächten und damit ein eigenes pausenloses Getriller, einen *Trillersturm*, erzeugten, in dem die Pfiffe des Schiedsrichters untergingen wie das Geräusch beim Wasserlassen in tosender Brandung. Steht jedoch die Trillerpfeife nicht in Konkurrenz zu anderen Trillerpfeifen, ist sie in keinem Stadion der Welt zu überhören, selbst im größten Lärm nicht, und sie sendet klare, eindeutige Botschaften aus. Die Trillerpfeife kann dadurch etwas, das heutzutage hoch gehandelt wird. Das entsprechende Wort werde ich nicht verwenden, denn das Wort, das ich meine, ist völlig in Verruf gekommen. Die Trillerpfeife hat es nicht verdient, diesem langweiligen Allerweltswort, diesem restlos abgewirtschafteten Modewort, diesem nackten Kaiser der Wörter unterstellt zu werden. Wenn jemand irgendwelchen Schwachsinn in die Welt setzt, dann heißt es, er *kommuniziert.* Jede zweite Handywerbung zeigt junge, fröhliche Frauen mit einem Handy, und das Wort *Kommunikation* ist dann auch nicht weit. Aber wenn ich in der Bahn oder sonstwo mitanhören muß, was Menschen so miteinander kommunizieren, dann klafft da eine Lücke von Anspruch und Wirklichkeit. Ich habe in diesen Gesprächen, bei denen ich, ohne daß ich je gefragt wurde, zum Zeugen gemacht werde, noch nie einen Gedanken gehört, den ich interessant fand. Und je uninteressanter, erbärmlicher und nichtswürdiger so ein Gespräch ist, desto lauter wird es geführt. Zumal es keiner dieser penetranten Schwachsinnsdurchsager schafft, sich an einen Ort zurückzuziehen, wo er nicht stört. Nein, er scheint sich für die Dauer des Gesprächs zu feiern, seinen Mitreisenden, die genötigt werden, Ohrenzeugen seiner uninteressanten, erbärmlichen und nichtswürdigen Gesprächsfetzen zu sein, ihnen scheint er sagen zu wollen: Hört her, ich führe ein richtiges Leben! Ich sitze hier nicht so leer und gelangweilt im Zug wie ihr, sondern ich organisiere und kommuniziere mit der Außenwelt, ja, ich bin eigentlich gar nicht hier bei euch in diesem Zug, der uns von A nach B fährt, nein, ich drehe noch ganz woanders am Rad! Und natürlich kommt in diesen nichtswürdigen Gesprächsfetzen auch das Wort kommunizieren vor. Dabei ist kommunizieren natürlich das Gegenteil von dem, was es zu sein vorgibt. Daß kommunizieren *verständigen* bedeutet, das glauben allenfalls noch die Verfasser eines Fremdwörterbuchs. Kommunizieren meint doch eigentlich *un-verständigen* oder *verunständigen*. Wenn es darum geht, etwas zu vernebeln und zu vertuschen, werden Kommunikationsexperten hinzugezogen. Wenn etwas verzerrt, beschönigt, einseitig dargestellt oder völlig aus der Luft gegriffen werden soll, dann heißt es, daß es nach außen kommuniziert werden muß. Und wenn mal die Wahrheit ans Licht kommt, wenn etwas so geschildert wird, wie es sich tatsächlich abgespielt hat, dann spricht man

vom Kommunikations-Super-GAU. Kommunikation hat tatsächlich so wenig mit Kommunikation zu tun, daß ein Außerirdischer, der die Bedeutung des Wortes Kommunikation aus dem täglichen Gebrauch erschließen sollte, es als »belügen« oder als, bildlich gesprochen, »mit Scheiße parfümieren« übersetzen würde. Oder daß jeder jedem jederzeit jeden Mist zukommen lassen kann. Kommunikation ist selten mehr als ein permanentes, lautes, unentrinnbares Quaken. Darin sind sich alle einig. Deshalb sagt auch kein Mensch, Goethe habe mit Schiller kommuniziert. Die haben sich geschrieben. Wer sich was zu sagen hat, kommuniziert nicht miteinander. Kommunikation ist eine Pest, eine Lügenpest, eine Beschönigungs- und Beschwichtigungspest. Die einfachsten und klarsten Dinge werden völlig verdreht, und schwierige, komplizierte Sachverhalte werden so vergröbert und versimpelt und vereinseitigt, daß gar nichts mehr stimmt. Oder wenn etwas völlig verschwiegen wird, wenn Informationen zurückgehalten werden, dann wird das auch als Kommunikation bezeichnet.
Je größer und bedeutender ein Kommunikationspartner, desto wertloser sind die Informationen, die er abson-

dert, und die wertlosesten, nichtsnutzigsten Informationen stammen immer von sogenannten Kommunikationsriesen. Ich mußte mal die Telekom anrufen, weil ich vergessen hatte, mir meine neue Telefonnummer aufzuschreiben. Da war nichts zu machen. Die nennen sich Kommunikationsriese und reden von moderner Unternehmenskommunikation, aber wer vom Kommunikationsriesen die eigene Telefonnummer wissen will, wird sie nicht erfahren. Da sagen sie einfach *Datenschutz*, und schon ist es vorbei mit der Kommunikation, da wird aus dem Kommunikationsriesen ein Kommunikationszwerg, eine Kommunikationsamöbe, und das ist das Wesen von Kommunikation. Das gräßlichste Verbrechen der Kommunikationscamorra jedoch sind moderne Kommunikationssysteme. Das sind schier endlos verwinkelte Labyrinthe aus Warteschleifen und Bandansagen, in die ein Anrufer verschleppt wird wie eine Geisel, und wo er gezwungen wird, sich Stimmen anzuhören, die immer aufreizend langsam und mit einer durch nichts, aber auch gar nichts zu rechtfertigenden guten Laune sprechen. Und affektiert wie in einem UFA-Film. Wenn ich eine dieser Kommunikationsamöben, die sich für Kommunikationsriesen halten, anrufen muß, dann höre ich als erstes eine Frauenstimme, die *Herzlich willkommen* sagt, als ob sie mich auf einer Party begrüßt. Als nächstes sagt sie: Um Ihre Anfrage noch schneller bearbeiten zu können, und bei diesem *noch schneller* rutscht mir das Herz jedesmal in die Hose, denn das bedeutet, daß ich in der nächsten Viertelstunde kein menschliches Wesen ans Ohr kriegen werde. Dann werde ich in einer aufreizend langsamen Sprache, geradezu so, als ob ich ein Sprachschüler wäre, Dinge gefragt, die überhaupt nichts mit meinem Anliegen zu tun haben, und dieser Automat ist so dreist, sich auch noch ein Ich zu geben, eine Persönlichkeit. *Ich habe Sie leider nicht verstanden,* oder *Alles klar.* Wer nimmt sich diese Frechheit raus, einem Automaten zu gestatten, mich für eine gelungene Erklärung oder auch nur für irgendwas zu loben? Die nächste Generation dieser Kommunikationssysteme wird mit mir übers Wetter reden wollen. Und in irgendeinem Labor programmieren Frankensteins Erben schon an einem Kommunikationssystem, das mich zu einem Gelächter anstiften und dann mitlachen soll, denn Kommunikationsexperten wissen, daß Lachen Nähe schafft. Vorerst ist der Siedepunkt meines Kommunikationsekels erreicht, wenn ich höre, daß ich bitte dranbleiben soll, *der nächste freie Mitarbeiter ist für Sie persönlich reserviert.* Die Redewendung *für Sie persönlich* kommt in diesen modernen Kommunikationssystemen auffallend häufig vor. Weil es nichts gibt, was so unpersönlich ist wie moderne Kommunikationssysteme, müssen moderne Kommunikationssysteme das Persönliche kommunizieren. Es ist ein unglaublicher Eiertanz um die Kommunikation. Aber ehe wir überhaupt bereit sind, uns diesen Kommunikationsexperten vollkommen willenlos auszuliefern, ehe wir vor ihnen und ihrem Hokuspokus bedingungslos kapitulieren, ehe wir ihre nach gebügelten Blusen klingenden Stimmen, ihre auf Kompetenz und Seriosität und Sympathie getrimmten Laborstimmen auch nur länger als drei Sekunden anzuhören bereit sind, muß zuvor ein klares, wunderbares Kommunikationsinstrument wie die Trillerpfeife in den Dreck geredet werden. Die Trillerpfeife gilt als reaktionär, sogar als faschistoid, während Kommunikation einen modernen, demokratischen Klang hat. In diese Falle sind wir alle gegangen. Ein Schiedsrichter wird als etwas zutiefst Unmodernes und Antidemokratisches verachtet. Er ist der Antichrist sämtlicher abendländisch-demokratischer Traditionen. Ein absolutistischer Herrscher, der mit einer Trillerpfeife regiert, auf einem halben Hektar und für neunzig Minuten. Alle anderen sind untereinander nur gleich in ihrer Ohnmacht. Niemand kann die Entscheidungen eines Schiedsrichters rückgängig machen. Nicht einmal er selbst. Das Zauberwort heißt Tatsachenentscheidung. Tatsachenentscheidung bedeutet, daß ich als Schiedsrichter, ich allein, durch meine Entscheidung anzeige, was stattgefunden hat. Ich schaffe damit Tatsachen. Das ist natürlich eine ungeheure, eine gottgleiche Macht. Gegen Tatsachen ist kein Kraut gewachsen. Gegen Tatsachen läßt sich nicht protestieren oder prozessieren. Mit Tatsachen hat man sich abzufinden. Wenn ich sage, der Ball war im Tor, dann war er drin, auch wenn aus drei Perspektiven klar zu sehen ist, daß er nicht drin war. Ich entscheide, und niemand redet mir rein. Schon gar nicht die, die es betrifft. Das ist natürlich nicht die Spur demokratisch, und genau darum geht es. Wer Demokratie will, muß den Schiedsrichter abschaffen. Ohne Schiedsrichter wäre es wie im Leben. Die Spieler müßten sich untereinander einigen, und können sie es nicht, bliebe der Rechtsweg. Spielern, Trainern, Funktionären, Offiziellen, Angehörigen, Beratern, Agenten, Impresarios, Veranstaltern, Hinterbliebenen, Anwohnern, Interessenverbänden, Bürgerinitiativen, Tätern und Opfern stünden alle Rechtsmittel zur Verfügung, einschließlich dem Gang vors Bundesverfassungsgericht und die Klage vor dem Europäischen Gerichtshof für Menschenrechte – und wir würden uns heute noch mit der Qualifikation zur WM 1962 beschäftigen. Demokratie ist bekanntlich dann gut, wenn keine Entscheidungen getroffen werden müssen. Um zu debattieren, Kompromisse zu finden, Arbeitskreise zu bilden und Verfahrensfragen zu prüfen, dafür ist die Demokratie gut. Für die Entscheidung Drin oder nicht? taugt sie nicht. Solange wir Schiedsrichter pauschal beschimpft werden, weht der Zeitgeist demokratisch. Schiedsrichterbeschimpfung steht völlig im Einklang mit der freiheitlich-demokratischen Grundordnung, ja, die freiheitlich-demokratische Grundordnung bestünde ohne Schiedsrichterbeschimpfung nur halbherzig, wäre ohne Schiedsrichterbeschimpfung überhaupt nicht vollendet! Schiedsrichterbeschimpfung ist die Nagelprobe, der Lackmustest des demokratischen Bewußtseins. Umgekehrt habe ich überhaupt keinen Grund, mehr Demokratie oder überhaupt Demokratie zu wagen. Gibt ja Romantiker, die argumentieren mit dem Publikumsjoker bei *Wer wird Millionär?*, wenn sie behaupten, es gäbe eine Kompetenz der Menge. Mag sein, daß es eine Kompetenz der Menge gibt. Für mich ist die Menge inkompetent. Wenn dreißigtausend Leute, die achtzig Meter oder noch weiter weg sind, »Hand« schreien, gibt es keine Kompetenz der Menge. Da ist die Menge das Inkompetenteste, das man sich nur denken kann. Ein riesiges Inkompetenz-Team. Das desto inkompetenter ist, je größer es wird. Insofern sind Wahlen die Mobilisierung des größten aller nur denkbaren Inkompetenz-Teams. Die Kompetenz des Schiedsrichters hingegen wird unablässig entwickelt, und zwar die Einzelkompetenz. Es ist noch niemand auf die Idee gekommen, daß ein Schiedsrichter in schwierigen Situationen den Publikumsjoker aus sechzigtausend Stadionbesuchern oder anderthalb Milliarden Fernsehzuschauern hinzuziehen sollte. Selbst die glühendsten Demokratieromantiker, die den Publikumsjoker von *Wer wird Millionär?* als Beleg für eine Kompetenz der Menge ins Feld führen, sehen davon ab, eine Kompetenz der Menge in die Schiedsrichterei einführen zu wollen. Auch die größten Demokratieromantiker finden es vernünftig, daß wir Schiedsrichter geschult werden. Auch die größten Demokratieromantiker finden es vernünftig, daß die Kompetenz und damit die Macht der absolutistischen Alleinherrscher entwickelt wird, anstatt uns durch eine Menge zu entmachten. Ein unumwundenerer Mißtrauensbeweis der größten Demokratieromantiker gegenüber der Demokratie ist überhaupt nicht vorstellbar. Vollkommen unausdenkbar. Die Demokratieromantiker rütteln nicht an unserer Macht, im Gegenteil, sie befürworten insgeheim, aber doch unumwunden, daß wir, die absolutistischen Herrscher, immer und immer und immer wieder Schulungen, Weiterbildungen und Begutachtungen unterzogen werden. Und jeder weitere Kurs, jedes positive Votum auf dem Schiedsrichterbewertungsbogen steigert unsere Kompetenz und zementiert damit unsere absolutistische Herrschaft. Das klingt so lässig und leicht, ist in Wahrheit aber ein riesiges und zugleich perfekt ineinandergreifendes System aus Schulung, Benotung, Bewertung, Klassifizierung, Sichtung. Ein Karussellunternehmen, ein Fahrstuhlbetrieb. Es gibt Anfängerkurse, Jungschiedsrichterkurse, Aufbaukurse, Förderkurse, Talentkurse, Leistungskurse, Spitzenschiedsrichterkurse, und das alles auf Kreisebene, auf Bezirksebene und auf Verbandsebene. Es gibt Mentoren, Schiedsrichterobmänner, Schiedsrichterbeauftragte und Spielbeobachter, die in Wirklichkeit Schiedsrichterbeobachter sind. Wir machen Leistungstests, Regeltests, und nach jedem Spiel rechnet der Spielbeobachter, der in Wirklichkeit ein Schiedsrichterbeobachter ist, erst im Gespräch und dann im Schiedsrichterbewertungsbogen mit uns ab. Wir greifen entweder zuviel oder zuwenig ein, und gebe ich eine Rote Karte, dann bin ich der eigentliche Rotsünder, denn ich, so wirft mir der Spielbeobachter, der in Wirklichkeit ein Schiedsrichterbeobachter ist, vor, habe es verpaßt, dem Spieler schon vorher seine Grenzen zu zeigen. Wirke ich jedoch vorher auf den Spieler ein, wirft mir derselbe sogenannte

Spielbeobachter vor, ich würde mich den Spielern aufdrängen. Letztlich ist es ihm völlig egal. Der Spielbeobachter, der in Wirklichkeit ein Schiedsrichterbeobachter ist, erwartet eine Linie. Jeder Schiedsrichter soll mit einer bestimmten Linie das Spiel leiten, und diese Linie soll etwas sein, das er dem Schiedsrichterbeobachter zeigen kann. Das schlimmste ist, die Linie nicht zu finden. Als Schiedsrichter ist man zu Spielbeginn immer in der Rolle eines Lehrers, der neu an der Schule ist, während die Spieler in der Rolle der Schüler sind. Wenn ein Spiel beginnt, erwarten die Spieler sehnsüchtig den ersten Pfiff, sie erflehen ihn geradezu. Denn auch die Spieler wollen wissen, welche Gangart erlaubt ist. Solange sie es nicht wissen, lohnt es nicht, richtig anzufangen. Also wird hier mal ansatzweise gestoßen, da sinkt einer prophylaktisch zu Boden – alles Momente, in denen die Spieler sich für das Spiel justieren, welche Gangart erlaubt und welche nicht erlaubt ist. Das erste Foul geschieht oft, weil mich die Spieler endlich pfeifen hören wollen, weil sie auch spüren wollen, was sie längst schon wissen: Daß da einer ist, der ihnen nicht alles erlaubt. Das erste Foul ist fast immer unschuldig, aber im Laufe des Spiels ändert sich das. Da wollen die Spieler, daß ihre kleinen Gemeinheiten, ihre fiesen Attacken unsichtbar bleiben. Wenn sich ein Spieler nach mir umschaut, hat der was vor, und wenn er mich nicht im Blickfeld hat, erinnert er sich, wo er mich zuletzt gesehen hat und rechnet sich aus, welche Chance er mit einer kleinen Gemeinheit hätte. Das sind Instinkte. Die Spieler sind so konditioniert. Darum wechsle ich ständig meine Position, bewege mich nicht auf der lehrbuchmäßigen Diagonale, sondern tauche da auf, wo mich die Spieler nicht erwarten. Wie ein Gespenst. Wie der Polizist in den Charlie-Chaplin-Filmen, der immer im ungünstigsten Moment um die Ecke kommt. Ich denke immer an den Hausmeister Frigewski. Er war Hausmeister in dem Haus meiner Kindheit, einem Fünfundzwanziggeschosser in der Leipziger Straße, direkt an der Berliner Mauer. In diesem Haus gab es viele Kinder, und diesen Kindern hatte Frigewski den Krieg erklärt. Er wollte Ruhe und Ordnung. Wenn irgendwo ein Ball auftrumpfte, wann immer drei Stufen auf einmal genommen wurden – Frigewski war sofort da. Er schien überall zu sein. Er hatte einen siebten Sinn für uns Kinder. Er erwischte uns immer, egal, was wir taten. Wir Kinder wurden immer erwischt, bei allem erwischt. Wir waren die Erwischten, und er war der große, furchtbare Erwischer. Er erwischte uns Kinder dabei, Kinder zu sein. Er bekämpfte unseren Krach, unsere Ideen, unsere Lebhaftigkeit, unsere Pläne und unsere Aktivität. Frigewski bekämpfte Jubel genauso wie Springen, Spielen, Toben, Rennen und Lachen. Er bekämpfte das mit dem Flammenwerfer seiner Verbote. Wenn er uns erwischte, dann wurde er zu einem erbarmungslosen, drohenden Erzieher, mit blitzenden Augen, den Zeigefinger im Takt seiner Worte auf uns Kinder stoßend. Es gab nichts, was nicht verboten war. Er lieferte uns, sowie er uns erwischt hatte, bei unseren Eltern ab, wobei er nicht davor zurückschreckte, uns am Arm zu packen oder im Genick. Er nahm uns Spielsachen weg, die allenfalls unsere Eltern bei ihm wieder abholen durften. Und Kinder, die in dem Haus nicht wohnten, hatten hier sowieso nichts zu suchen; die wurden einfach beim Da-Sein erwischt. Auch wenn ich völlig stumm und reglos mit Frigewski Fahrstuhl fuhr und lediglich die zwei Knöpfe – die 2 für die Etage, in der wir wohnten, und den Türknopf zu drückte – Frigewski machte eine erzieherische, zurechtweisende Bemerkung, die entweder eine ältere Angelegenheit betraf oder etwas, bei dem er mich durch ein geschlossenes Fenster beobachtet hatte. Eine Blechbüchse getreten zu haben. Mit Erdklümpchen geworfen zu haben. Frigewski erwischte mich immer, ihm entging nichts und er vergaß auch nichts. Frigewski war ein Alptraum für jedes Kind. Er gab uns Kindern das Gefühl, ein Problem zu sein, ein Dreck und Lärm erzeugendes Problem zu sein, das alles kaputtmacht, was es auch nur berührt, und obendrein rücksichtslos, leichtsinnig, unreif und schlecht erzogen ist. Frigewski schien alles zu sehen, und so schaffte er es schließlich, selbst dann anwesend zu sein, wenn er überhaupt nicht da war. Mit zehn Jahren begann ich bei einem Verein Fußball zu spielen, und mit fünfzehn begegnete ich dem Sportfreund Horst Frigewski als Schiedsrichter. Ich war alt genug, ihn nicht mehr zu fürchten, auch wenn die Unzahl unangenehmer, alptraumhafter, quälender und lähmender Erinnerungen sofort wieder da war. Das Spiel leitete Frigewski souverän und sicher. Es war die beste Schiedsrichterleistung, die ich bis dahin erlebte, und das war mir bewußt, obwohl ich ihm diese Leistung aus tiefstem Herzen mißgönnte. Frigewski richterte das Spiel haargenau so, wie er das Haus meisterte. Ihm entging nichts, er war immer zur Stelle und sprach alles an, und es ist eine der wüstesten Verwirrungen in meinem Kopf, daß ich Frigewski, der der Teufel in meiner Kindheit war, dankbar sein müßte, weil ich ohne ihn nicht der erfolgreiche Schiedsrichter wäre, der ich bin. Der Hausmeister Frigewski hatte eine Linie, und eine Linie zu haben ist das Wichtigste, was von einem Schiedsrichter verlangt wird. Ich könnte haargenau derselbe Schiedsrichter sein und wäre mit mir im reinen, wenn es nur ein anderer und nicht Frigewski gewesen wäre, der mir zeigte, wie sich ein Schiedsrichter Respekt verschafft. Aber es war Frigewski und kein anderer, der mir zeigte, wie sich ein Schiedsrichter Respekt verschafft. Wenn ich beim Warten im Spielertunnel einen Spieler, dem ich vor vierzehn Monaten und noch bei einem ganz anderen Verein spielend wegen Ballwegschlagens eine Gelbe Karte gegeben habe, diskret, aber deutlich mit »Dieses Ballwegschlagen will ich heute nicht wieder erleben« ermahne, dann will ich in diesem Moment nicht an Frigewski denken und daran, daß ich es im Spielertunnel mache wie Frigewski im Fahrstuhl. Ein Schiedsrichter Frigewski würde alles genauso machen wie ich. Er würde, wie ich, gegenüber den Spielern dieses Gefühl von permanenter Präsenz und restloser Kontrolle erzeugen, restloser Kontrolle über alles, was vorgeht, bis aufs letzte. Ich wäre niemals ein Hausmeister wie Frigewski, aber als Schiedsrichter verdanke ich dem Mann, der der Alptraum, das Monster meiner Kindheit war, wenn nicht alles oder fast alles, so doch das Wichtigste. Ausgerechnet Frigewski zeigte mir die Linie, die ich jedesmal auf dem Spielfeld nachzeichne. Ausgerechnet ein kontrollwütiger, denunziatorischer, kinderfeindlicher, Beklemmungen erzeugender Hausmeister mit einer braunen Nylon-Kittelschürze zeigte mir die Linie, die jeder Spielbeobachter, der in Wirklichkeit ein Schiedsrichterbeobachter ist, sehen will. Ich hätte mich auch für andere Linien entscheiden können, aber ich habe erlebt, daß jeder Spielbeobachter schon immer und von Anfang an meine Linie, die ja in Wirklichkeit die Frigewski-Linie ist, hervorhebt, herausstellt, würdigt und lobt. Wobei Hervorhebungen, Herausstellungen, Würdigungen und Lob grundsätzlich selten sind. Denn der Spielbeobachter, der in Wirklichkeit ein Schiedsrichterbeobachter ist, kommt ja, um den Schiedsrichter zu kritisieren. Um die Fehler zu sehen, die sonst niemand sieht. Wobei ich mich frage, ob ein Fehler, den sonst niemand sieht, überhaupt ein Fehler ist. Fehler dürfen passieren, heißt es in der Schiedsrichterei, wenn man hinterher auswertet, wodurch dieser Fehler entstehen konnte, und die entsprechenden Konsequenzen zieht. Und je höher die Liga, in der ein Schiedsrichter pfeift, desto penetranter die Auswertung. Jeder Pfiff muß verteidigt werden. Und natürlich auch jeder unterlassene Pfiff. Nicht nur vor dem sogenannten Spielbeobachter, der in Wirklichkeit ein Schiedsrichterbeobachter ist, sondern auch vor den Medien, die das niedrigste und überflüssigste und oberflächlichste Element sind von allem, womit ein Schiedsrichter zu tun hat. Allen voran die Fernsehleute. Das ist eine der erbärmlichsten Lebensformen, die man sich nur denken kann. Sie haben nicht das geringste Benehmen im Leibe, sie sind von einer ungeheuren, alles niederwalzenden Hemmungslosigkeit. Besonders Fernsehfrauen. Die reden wie auf dem Laufsteg, sind von einer Affektiertheit und Aufgesetztheit, die ihresgleichen sucht. Was da an der Tonlage moduliert wird, wie da Schwung genommen, das Tempo angezogen und verlangsamt wird, wie das alles so interessiert klingend rausgeträllert wird – und dabei ist es so oberflächlich. *Was ist das für ein Gefühl?* fragen sie am liebsten oder *Was war das für ein Gefühl?* oder *Wie fühlt sich das an?* Die Fragen sind immer die gleichen und immer von einer erschreckenden Belanglosigkeit. Wenn die Fernsehleute meiner Person auflauern, fragen sie, warum ich gepfiffen habe oder warum ich nicht gepfiffen habe oder was wirklich vorgefallen ist in jener Szene. Sie spießen mich mit ihrer Kamera auf und stellen ihre Fragen heimtückisch aus dem Hinterhalt, denn es gilt als eitel, sich mit dem Opfer im Bild zu zeigen, und sie grinsen unverschämt, wenn ich, der ich den Umgang mit Kameras nicht nur nicht gewohnt bin, sondern zutiefst verabscheue, überlege, bevor ich antworte. Diese Kamerateams umstellen mich, umzingeln mich, als wären sie ein Sondereinsatzkommando und ich ein entflohener Sexualstraftäter, und der Mikrofonmann hält mir ein Mikrofon hin, als würde er es mir, wenn ich nicht antworte, tief in den Schlund stopfen, und ich überlege weiter und mir ist, als ob das Mikrofon nach Tankstelle stinkt. Und dann gebe ich eine Antwort, die klingt, als hätten die Spuren von Benzol nun auch mein Hirn durchweicht. Diese Fernsehleute tun so, als hätten sie ein Recht, auf diese Art zu fragen. Als hätten sie ein Recht, mich zu umzingeln, mich mit ihren Kameras aufzuspießen und mir das Mikrofon in den Hals zu stoßen. Eine Interviewanfrage ist nie ein gutes Zeichen, denn diese Fernsehleute wollen nur allen zeigen, wie ich mich wegen eines Fehlers winde und quäle, und wenn das Interview in dieser penetranten, gekünstelten und sensationsgierigen Art geführt wird, dann steigt in mir ein Fernsehhaß auf, gegen den ich mich nicht wehren kann. Ein Haß, der sowohl die einschließt, die Fernsehen machen, als auch jene, die es sich vorsetzen lassen. Pfiffe von uns Schiedsrichtern bekommen eine Bedeutung, die grotesk ist. Ein Schnitt eines Chirurgen ist viel, viel konkreter, Leben und Tod kann daran hängen. Aber ein Chirurg, der die stümperhaftesten, ja verbrecherischsten Schnitte tätigt, wird niemals in die Schwierigkeiten kommen, in die ein Schiedsrichter kommt, wenn er stümperhaft pfeift. Es gibt keinen Chirurgieobmann, keine Spitzenchirurgenlehrgänge und auch keinen Operationsbeobachter, der in Wirklichkeit ein Chirurgenbeobachter ist. Es gibt weder Live-Übertragungen noch Konferenzschaltungen oder eine Operationsberichtszusammenfassung, und kein Schnitt, kein Griff zu Skalpell, Endoskop, Schere oder Klammer wird in Zeitlupe wiederholt und ausgewertet. Wenn ein Chirurg stümperhaft operiert, erwartet ihn kein Kamerateam vorm Krankenhaus. Selbst wenn eine einunddreißigjährige Patientin, die immer kerngesund war, an einem Samstagmorgen mit Bauchschmerzen im Krankenhaus vorstellig wird und zwölf Stunden später so gut wie tot ist, kommt kein Kamerateam und stellt Fragen. Obwohl es einiges zu fragen gäbe. *Herr Doktor Pahl, wie kann es sein, daß bei einer gewöhnlichen Gallenspiegelung die Patientin so schwer verletzt wurde? Herr Doktor Pahl, haben Sie nur aus Angst, einen Fehler eingestehen zu müssen, davon abgesehen, die Patientin sofort in eine Spezialklinik einzuweisen, nach-*

dem die Komplikationen aufgetreten sind? Solche Fragen stellt kein Kamerateam, über solche Fälle besteht keine Aufregung. Ein Schnitt ist wie ein Pfiff – es ist nicht rückgängig zu machen –, aber die Sendezeit und die Empörung, die mit falschen Schnitten zugebracht wird, steht in keinem Verhältnis zu der Sendezeit und der Empörung, die mit falschen Pfiffen zugebracht, die an sie verschleudert, verschwendet, verschenkt wird. Wobei ein falscher Pfiff doch letztlich so lächerlich unbedeutend ist, ein falscher Schnitt alles verändern kann, den Tag zur Nacht machen, das Glück in die Katastrophe, das Leben in den Tod verwandeln kann. *Herr Doktor Pahl, diese Patientin hat mal gelacht und geküßt und gestreichelt – ist Ihnen eigentlich bewußt, daß ihr Lachen, ihre Küsse und ihr Streicheln fehlen werden? Daß es keinen Ersatz dafür gibt?* Niemand stellt solche Fragen, schon gar nicht ein Kamerateam. Der Arzt schaltet seine Berufshaftpflichtversicherung ein, das heißt, er ruft in meinem Büro an. Dr. Pahl hat eine Berufshaftpflichtversicherung bei der *Alle Leben*, was Herrn Lüdemann zu der Bemerkung verleitete, diese Versicherung müsse sich ja nun umbenennen in *Alle leben, außer einer*. Da eine Berufshaftpflichtversicherung nicht nur *Schäden reguliert*, was in diesem Falle eine absurde Formulierung ist, eine Formulierung, gegen die sich immer alles in mir sträubte, denn was gibt es bei einem qualvollen Tod zu regulieren?, sondern auch sogenannte unberechtigte Ansprüche abwehrt, bestreitet eine Versicherung wie die *Alle Leben* grundsätzlich jeden Anspruch gegen sie und läßt es auf einen Prozeß ankommen, zu dem ein Gutachter hinzugezogen wird. In der Praxis ist das Gutachterwesen längst nicht so durchorganisiert wie das Schiedsrichterwesen, und es gibt viele Gutachter, die sollten lieber Schlechtachter heißen oder Übelachter oder Unachter. Kein Fernsehteam jedoch stellt die Gutachter, umzingelt sie, spießt sie mit der Kamera auf und stopft ihnen das Mikrofon in den Hals, egal, wie unsäglich und haarsträubend ihre Gutachten ausfallen. Der Richter baut sein Urteil immer auf die Gutachten, auch wenn die oft wahre Schlechtachten sind, schlimmste Übelachten, fürchterlichste Unachten. Ein Gutachter benutzt gern einen Satz wie *Durch eine sofortige Verlegung der Patientin hätte nicht mit Sicherheit oder mit an Sicherheit grenzender Wahrscheinlichkeit der letale Ausgang abgewendet werden können;* er vermeidet aber einen Satz wie *Durch eine sofortige Verlegung der Patientin hätten sich, auch dank früherer Gegenmaßnahmen, die Überlebenschancen der Patientin erheblich verbessert* – was eben nicht weniger wahr ist als der Satz, den der Gutachter benutzt hat, der mehr ein Schlechtachter ist, ein Unachter, ein Übelachter. Doch den zweiten, für Dr. Pahl und seine *Alle Leben* ungünstigeren Satz benutzt der sogenannte Gutachter nicht, und so kann ein Dr. Pahl und seine *Alle Leben*, deren Verträge ich betreue, sauber aus der ganzen Angelegenheit herauskommen, ohne daß er Reue zeigt und Schuld am Tod eines Menschen eingesteht, ohne daß ein Schaden reguliert werden muß, ohne daß eine Zulassung entzogen wird und ohne daß ein Fernsehteam Fragen stellt. Ich hatte mich, den riesigen Platz vor dem Gerichtsgebäude überquerend, bereits umgeschaut, ob irgendwo ein Minivan mit dem Aufdruck des Regionalsenders parkt oder ob sich sonstige Hinweise für die Anwesenheit eines Kamerateams finden ließen, aber ich sah keine. Und ob sich Arzt oder Gutachter von einem Kamerateam umzingeln ließen, sich von Kameras aufspießen und Mikrofone in den

Mund stopfen ließen, beurteilte ich eher skeptisch, trotz des für sie günstigen Ausgangs. Wir Schiedsrichter hingegen sind gehalten, Interviews zu geben, uns kommunikationsfreudig zu geben, aber diese Interviews untergraben nur die Autorität eines Schiedsrichters. Ein Schiedsrichter sollte sich keine Fragen gefallen lassen. Und schon gar nicht von diesen *Komm-den-fragen-wir-jetzt-mal-*Fernsehleuten, die eben noch an Tankstellen herumlungerten, von diesen *Wie-fühlt-sich-das-an?-*Fragern, die nie das Format haben, pfuschende Ärzte oder lavierende Gutachter zur Rede zu stellen. Ein Schiedsrichter waltet seines Amtes, und wenn das Spiel zu Ende ist, sollte es uns Schiedsrichtern verboten werden, unsere Entscheidungen zu kommentieren oder gar zu rechtfertigen, denn wenn ich gepfiffen habe, erübrigen sich alle Fragen. Diese Fernsehteams sehen ja auch davon ab, der Lottofee eine Rechtfertigung darüber abzunötigen, warum zum dritten Mal hintereinander die Gewinnzahl mit der Nummer zwölf gezogen wurde. Wenn es mir darum ist, mich von jedem Dahergelaufenen unverschämt befragen zu lassen, sollte ich Politiker werden. Aus meiner Stellungnahmenaversion, meinem

Rechtfertigungsekel heraus habe ich auch meinen Fleischer von dem Tag an gemieden, als mir die Fleischersfrau beim Hinausgehen sagte, ihr Mann hätte den Elfmeter, den ich am Wochenende gepfiffen habe, nicht gegeben. Anscheinend glaubte sie, ihren Kunden auf einer persönlich anteilnehmenden, individuellen Ebene begegnen zu sollen. Richten Sie Ihrem Mann aus, daß es *Strafstoß* heißt, habe ich noch gesagt, und ich habe nie wieder meinen Fuß über die Schwelle dieses Fleischerladens gesetzt. Überhaupt ist es eine unglaubliche Impertinenz gegenüber den Schiedsrichtern, daß sogar Fleischer, deren abgehackte Daumen unwiderlegbare Kronzeugen für deren Unaufmerksamkeit und Liederlichkeit sind, glauben, sie könnten einen Schiedsrichter an Aufmerksamkeit und Sorgfalt übertreffen. Wenn es um Schiedsrichterentscheidungen geht, glauben alle, sie können mitreden. Natürlich auch Menschen, die sich aus Versehen Körperteile abhacken. Diese Besserwisser, diese Auskenner, diese Mitreder verkennen komplett, wie ein Spiel dahinplätschert. Sie verkennen komplett, daß sich die Szene, die hinterher zehn-, zwölfmal in Zeitlupe gezeigt wird, niemals ankündigt, daß es keinen unsichtbaren Helfer gibt, der einem Schiedsrichter *Obacht, jetzt passiert's!* einflüstert. Plötzlich ist eine Riesenaufregung im Stadion, und ich habe sofort zu entscheiden, ohne daß ich eine Zeitlupenwiederholung sehen darf, von Standbildern oder vor- und zurücklaufenden Sequenzen ganz zu schweigen. Der Schiedsrichter muß den unangekündigten brisanten Moment meistern, und ein Daumenabhacker ist der denkbar ungeeignetste Kandidat zum Meistern unangekündigter brisanter Momente. Er meistert ja nicht mal den *angekündigten* brisanten Moment, denn wenn er das Beil hebt, das Beil oben und der Daumen unten ist, dann ist die Brisanz der Situation ja klar, und er muß nur darauf achtgeben, daß der Daumen nicht unter das Beil kommt, wenn es fällt. Eine lachhaft einfache Situation. Und trotzdem hackt er sich den Daumen ab. Wie kann so jemand – ausgerechnet so jemand! – annehmen, daß seiner Aufmerksamkeit nichts entgeht? Ein Daumenabhacker würde sich, anstatt Strafstoß zu pfeifen, eher die Zunge abbeißen. Er würde wahrscheinlich nicht mal den Anpfiff meistern. Er würde buchstäblich einbrechen, in den Knien einknicken, wenn er das Stadion betritt. Ein Stadion voller lärmender, schreiender Menschen betritt sich nicht wie eine Kühlkammer mit acht Schweinehälften. Der Arbeitsplatz des Schiedsrichters ist der Boden einer riesigen Schuhschachtel, die zugleich aber auch eng ist, denn der Schiedsrichter ist umstellt von achtzigtausend Menschen, von einer *Wand* aus Menschen, von *vier* Wänden aus Menschen, *Steil*wänden aus Menschen, die sich in einen Mob verwandeln, in einen schreienden, erregten Mob. Vier Steilwände mit einem Mob, der schreit und sich erregt, der beschimpft und hetzt und droht – das ist der Arbeitsplatz des Schiedsrichters. Mobbing in seiner krassesten, reinsten Form, das ist die gewohnte Arbeitsatmosphäre des Schiedsrichters. Diese Stadien, gerade die neuen Stadien, die Arenen heißen, sind extra so gebaut, daß auch wirklich das letzte aus dem Mob rausgeholt wird. Die Tribünen würden *Mobständer* heißen, wenn Herr Lüdemann das Sagen hätte. Diese Mobständer sind auch immer überdacht, nicht etwa zum Schutz gegen Regen, sondern zur Lärmkanalisierung. Es geht ja nicht darum, ob Regen auf den Mob fällt, sondern darum, daß der gute, wertvolle

Lärm nicht nach oben entweicht, denn oben tut er ja niemandem weh. In manchen Arenen hängen Mikrofone vor den Mobständern, um den Lärm über eine Lautsprecheranlage zu verstärken und den Mob zusätzlich anzuheizen. Die fürchterlichsten Momente spielen sich ab, wenn ein Tor fällt. Der Mob schreit von dreieinhalb Seiten, nur der auswärtige Mob ist still, der Lärm kommt oben nicht raus, die Mikrofone vor den Mobständern nehmen den Lärm auf, und die Lautsprecher verstärken ihn, und außerdem kommt aus den Lautsprechern Uffta-uffta-Musik. Der Lärm ist apokalyptisch, er erreicht Pegelstände, die gesundheitsgefährdend sind. Schon bald werden Profis, die jahrelang auf fünfzig, sechzig Spiele im Jahr kommen, aufhören müssen, weil sie taub sind. Sie werden nicht aufhören müssen, weil das Kreuzband zum wievielten Male operiert werden muß, sie werden nicht aufhören müssen, weil die Kniescheibe verrenkt oder das Sprunggelenk zertreten ist, nicht wegen Knorpelschäden im Knie oder einer gerissenen Achillessehne, sondern schlicht wegen Taubheit, wegen schwerster, irreparabler Hörschäden. Der Lärm auf dem Spielfeld ist von einer kolossalen, überreizten Maßlosigkeit, von einer erdrückenden, zermalmenden Gewalt, daß ich irgendwann ein Spiel wegen Unbespielbarkeit des Platzes abbrechen werde. Ein Schiedsrichter kann laut Regel 5 ein Spiel abbrechen, und nirgends steht, daß ausschließlich Witterungsverhältnisse oder Ausschreitungen Ursache von Spielabbrüchen sein können. Es ist in Regel 5 ausdrücklich von einem nicht näher definierten »anderen Grund« die Rede, aus dem heraus der Schiedsrichter ein Spiel abbrechen kann, ja muß, und nirgends in dem 94seitigen Regelwerk steht, daß ein Spiel keinesfalls allein wegen des Lärmpegels abgebrochen werden darf. Ich werde irgendwann ein Spiel wegen akustischer Unbespielbarkeit des Platzes abbrechen. Der Schiedsrichter, der ein Spiel wegen akustischer Unbespielbarkeit des Platzes abbricht, hätte sich einen Namen gemacht. Es wird dann immer heißen: *Schiedsrichter Uwe Fertig, das ist der, der das Finale wegen akustischer Unbespielbarkeit des Platzes abgebrochen hat.* Es gibt ja so wenig, mit dem sich ein Schiedsrichter einen Namen machen kann. Ich kann nun mal nicht in jedem Spiel verblüffen, wie der Spielmacher mit einem Spielzug, einem Solo verblüffen kann. Es gibt den tödlichen Paß, aber nicht den tödlichen Pfiff. Ich kann nicht mehr machen, als es immer nur richtig machen, und selbst wenn ich es richtig mache, ist es nicht richtig genug. Es ist ja nicht mehr so, daß ein Schiedsrichter nur die Einhaltung der Regeln überwacht. Daß er in den Momenten einschreitet, in denen eine Mannschaft gegen die Regeln verstößt. Es ist doch im Fußball so, daß die Spieler der einen Mannschaft die Spieler der anderen bewußt in den Regelverstoß hineintreiben. Am deutlichsten sieht man das beim Abseits. Die Abseitsregel sollte ursprünglich die Abwehr beider Mannschaften nur davor bewahren, den Dolchstoß versetzt zu bekommen. Dann gingen aber die Verteidigungen dazu über, Abseitsfallen zu stellen. Die ersten Abseitsfallen waren recht durchsichtige Konstruktionen, und über Jahrzehnte stagnierte die Abseitsfallenstellerei, kein Trainer widmete sich dem Abseitsfallenbau. Doch 1980 verfügte die belgische Nationalmannschaft plötzlich über Abseitsfallen, die alle bislang bekannten Abseitsfallen an Präzision, Heimtücke und damit an Effizienz übertrafen. Bei den damaligen Europameisterschaften verfing sich nahezu jeder

Angriff gegen die belgische Mannschaft in einer belgischen Abseitsfalle; die gegnerischen Mannschaften, die fußballerisch viel mehr Möglichkeiten hatten, konnten nicht gewinnen, weil sie immer wieder in die belgischen Abseitsfallen tappten. Die Belgier, die im internationalen Fußball bis dahin und auch danach keine Rolle spielten, zogen bis ins Europameisterschaftsfinale. Oberflächlich betrachtet, sind sie Vizeeuropameister geworden, weil sie die sporadische Abseitsfallenstellerei revolutionierten, indem sie sie zum Abseitsfallenbauwesen systematisierten, ja, zur Abseitsfallenbau*kunst* erhoben. In der Tiefe geschah aber mehr: Die Belgier haben eine Regel für sich benutzt, indem sie ihre Gegenspieler systematisch in eine immer wiederkehrende regelwidrige Situation hineinmanövrierten. Und damit haben sie nicht nur eine Regel benutzt, sondern gleich das ganze Spiel uminterpretiert, denn nun begann im Fußball eine große Sucherei nach Möglichkeiten, wie sich denn Regelverstöße der anderen provozieren lassen. Regeln sind nicht zum Eingehaltenwerden da, sondern dazu, für den Gegner zum Problem zu werden. Das weiß natürlich auch der Gegner, der zum Regelverstoß verleitet werden soll, und der ihn mit aller Macht vermeiden will. So entstehen Situationen, messerscharfe Situationen, die ich zu interpretieren habe. Um diese Interpretationen wird auf das Erbittertste gekämpft. Das erste Opfer dieses Kampfes bin ich, denn die Spieler machen mich zu ihrem Mitspieler, zu ihrem zwölften Mann, denn sie erwarten, daß ich das pfeife, was sie mir vorführen. Sie erwarten in bestimmten Situationen meinen Pfiff, wie sie in anderen Situationen den Doppelpaß ihres Mitspielers erwarten. Sie spielen mal auf Pfiff, wie sie ein andermal auf Doppelpaß spielen. Sie erwarten, daß ich Strafstoß pfeife, wenn ein Spieler fällt, der so lange vor der gegnerischen Abwehr herumtänzelte, bis sich endlich ein Fuß fand, über den er fallen konnte. Noch während er fällt, schaut er zu mir, ob ich den Fuß auch gesehen habe, den er nach langer Suche endlich fand. Wir Schiedsrichter werden also instrumentalisiert, so wie Regeln instrumentalisiert werden. Wir sind also, und das möge die Tankstelle bitte zur Kenntnis nehmen, keine Autoritäten mit unbeschränkten Machtbefugnissen mehr, sondern wir sind zum Bestandteil eines taktischen Kalküls verkümmert und bewegen uns in etwas, das mal ein Spiel war, aber von einem Verhau aus Belauern und Berechnung zugewuchert ist. Jedes Fußballspiel ist zu einem Verhau aus Belauern und Berechnung verkommen. Obwohl die Belgier das Finale verloren, haben sie wie keine andere Mannschaft den Fußball total umgekrempelt, indem sie die Rolle der Regeln und damit die Rolle des Schiedsrichters total umgekrempelt haben. Alle Fußballgeschichtsschreibung übergeht diesen Quantensprung, alle Fußballgeschichtsschreibung befaßt sich mit dem *Sambafußball*, dem *Schalker Kreisel*, dem *Kick and Rush*, dem *Het totaal voetball* oder dem *Catenaccio*. Aber seit den Belgiern begrenzen Regeln das Spiel nicht mehr. Seit den Belgiern werden Regeln in das Spiel hineingezogen, hineingetrieben, umgedeutet, ausgenutzt, werden Regeln *gespielt*. Und uns Schiedsrichtern ergeht es nicht besser. Auch wir werden in das Spiel hineingezogen, ob wir wollen oder nicht, wir werden in das Spiel hineingetrieben, werden vom Spiel verschlungen. Und nicht nur das. Wenn der eine Spieler eine Regelübertretung provozieren, der andere sie vermeiden will, dann geht es darum, etwas vorzuführen. Damit verwandelt sich eine sportliche Situation in eine Theatersituation. Die Aufführung lautet: Der hat gegen die Regel verstoßen! Bzw. Hab ich nicht! Jeder, der in den letzten zehn Jahren ein Fußballspiel gesehen hat, weiß, was damit gemeint ist. Wenn die Spieler auf den Platz kommen, tun sie noch wie die coolen Profis, mimen das Mannsbild, den harten Kerl – aber ein paar Minuten später sind sie sich nicht für die plumpeste Verstellung, nicht für die albernsten Kindereien zu schade. Auf eine sanfte Berührung hin wälzen sie sich am Boden, als seien sie auf das schlimmste geschlagen und mißhandelt worden. Wer hingegen seinen Gegenspieler brutal aus dem Spiel tritt, beteuert seine Unschuld: Er habe den Gegenspieler ja gar nicht getroffen, und eigentlich war er noch nicht mal in dessen Nähe gewesen, ja, er kenne ihn gar nicht und habe ihn noch nie gesehen. Die einen übertreiben und erfinden, die anderen spielen herunter oder bestreiten. Und ich stehe dazwischen und muß in diesem Lügenfilz Entscheidungen treffen. Auf dem Platz wird nur gelogen, betrogen, getrickst und geschummelt. Die Erkenntnis, von Lüge und nichts als Lüge umgeben zu sein, war etwas, das einzusehen ich mich weigerte, zunächst. Erst auf einem Klassentreffen, zehn Jahre nach dem Schulabschluß, als ich Herrn Lüdemann wiedergetroffen habe, habe ich schlagartig meine eigenen Gefühle verstanden. Mit Judith Lüdemann, in die ich verliebt war als ich zehn, elf war, habe ich ganze Nachmittage verbracht. Sie wohnte fast ganz oben, nämlich in der vierundzwanzigsten, und ich fast ganz unten, in der zweiten Etage, und wir fuhren natürlich immer zu ihr nach oben, das war viel interessanter, und wir haben zusammen Hausaufgaben gemacht, ferngesehen und die Zeit totgeschlagen, bis ihr Vater nach Hause kam, der mich in Gespräche verwickelte und mit mir ein Stück vom Brot des Wissens brach, am liebsten, indem er Wörter beim Wort nahm. Wenn wir uns unterhielten, wanderte mein Blick aus dem Fenster, und ich schaute nach Westberlin oder in den Todesstreifen, vierundzwanzig Stockwerke unterhalb der Lüdemannschen Wohnung. Alles, worüber ich mit Herrn Lüdemann sprach, wurde vor diesem Hintergrund auf eine unerklärliche Art bedeutend, und ich glaube noch heute, daß ich die Gespräche im zweiten Stock, also in unserer Wohnung, niemals als so bedeutsam empfunden hätte wie im vierundzwanzigsten Stock, in der Lüdemannschen Wohnung. Das, was ich sah, wenn mein Blick abschweifte, wurde als vollkommen normal hingenommen, aber das Empfinden konnte das, was ich sah, wenn mein Blick abschweifte, nicht als normal empfinden, niemals. Und das machte alles Gespräch ohnmächtig. Ein Gefühl der Nutzlosigkeit durchzog alles Gespräch, auch die Gespräche mit Herrn Lüdemann. Das Gefühl, daß jedes Gespräch an dieser Grenze verzweifelt, war mit den Händen zu greifen. Denn egal, worüber wir reden, egal, wie groß und wie nahrhaft und wie dampfend das Stück vom Brot seines Wissens ist, das er für mich bricht – diese Grenze ließ sich nicht wegreden. Eines Tages kam Judith nicht zur Schule, und es sprach sich herum, daß ihre Familie einen Fluchtversuch unternommen hatte, der jedoch mißglückt sei. Versuchte Republikflucht hieß das. Sowohl den Fluchtversuch als auch das Mißlingen hielt ich für absolut logisch, denn diese Grenze war nicht hinnehmbar, zugleich aber auch nicht überwindbar. Bis zu jenem Klassentreffen sechzehn Jahre später habe ich weder über Judith noch über ihren Vater irgend etwas gehört; sie war eben *weg*, wie auch andere Mitschüler weg waren, die schlicht in eine andere Stadt gezogen sind. Gegen Mitternacht kam Herr Lüdemann, um Judith abzuholen, wobei das nur ein Vorwand war, denn er fragte sich natürlich, was aus mir geworden war, wie auch ich mich fragte, was aus ihm geworden war. Ich wollte wissen, wie das denn damals war mit dem Fluchtversuch. Herr Lüdemann sagte nun, daß er in den Monaten vor dem Fluchtversuch auf seinem Wochenendgrundstück zwei Gleitdrachen gebaut hatte, mit denen er und seine Frau vom Dach des Hochhauses in der Leipziger Straße, für das er sich auch schon einen Nachschlüssel besorgt hatte, direkt in den nur hundert Meter entfernten Westen fliegen wollten. Die Einzelteile des Drachens mußten vom Wochenendgrundstück in die Wohnung transportiert werden, doch als der allzeit wachsame Hausmeister Frigewski Herrn Lüdemann, mit einem sperrigen, spannrahmenartigen Teil aus dem Fahrstuhl kommend, *erwischte*, informierte Hausmeister Frigewski die sogenannten zuständigen Organe. Die Verhöre im Stasigefängnis, wo Herr Lüdemann über Monate eingesperrt wurde, waren, so Herr Lüdemann, eine absolut bizarre Erfahrung. Er wurde nämlich, so Herr Lüdemann, von der Außenwelt vollkommen isoliert. Seine Vernehmer sagten ihm, seine eigenen Leute hätten ihn verraten, seine Frau wolle nichts mehr mit ihm zu tun haben, und niemand im Westen interessiere sich für sein Schicksal. Wochenlang wurde er nicht zum Verhör geholt, damit diese Informationen ihre Wirkung tun, damit sie sich in ihn hineinwühlen, damit sie sich in seine Seele fressen und ihn völlig zersetzen. Natürlich mußte er annehmen, so Herr Lüdemann, daß er angelogen wird, aber er konnte es dennoch nicht glauben, daß er so maßlos und frech belogen wird. Daß so hemmungslos Lüge an Lüge gereiht wurde, daß ein ganzes Territorium mit Lügen kartographiert wurde. Es ist, so sagte mir Herr Lüdemann am Rande des Klassentreffens, doch unter uns Menschen üblich, daß wir uns im wesentlichen die Wahrheit sagen. Man unterschlägt zwar hier was, verschweigt da etwas, stellt etwas heraus oder betont etwas über Gebühr, und in der Not greift man auch mal zur Lüge – die Wahrheit wird, je nachdem, wie wir es brauchen, etwas eingefärbt. Aber es bleibt ein Gefühl für die Wahrheit, sagte Herr Lüdemann. Doch das gab es in seinen Vernehmungen überhaupt nicht, seine Vernehmer waren sich, so Herr Lüdemann, für keine Lüge zu schade. Es wurde gelogen, als ob an der Lüge nichts Unsittliches wäre. Er mußte sich, sagte Herr Lüdemann, als Judith bereits ihren Mantel anzog, darüber klarwerden, daß jegliche Informationen aus den Mündern seiner Vernehmer vollkommen wertlos waren. Als Judith ihren Mantel angezogen hatte, setzte sie sich zu uns, und es war ein bißchen wie damals, als ich in ihrem Zimmer saß und in sie verliebt war und Herr Lüdemann das Brot seines Wissens mit mir brach, und ich verliebte mich gleich wieder in Judith, und diesmal richtig, doch zugleich fesselte mich auch Herrn Lüdemanns Erzählung. Es ist, sagte Herr Lüdemann, und Judith in ihrem Mantel saß dabei und hörte zu, weil sie ihren Vater noch nie so darüber hatte sprechen hören, unvorstellbar schwierig, auf alles, was dir gesagt und gezeigt wird, zu verzichten und dir ein Bild allein aus dem Gefühl heraus zu basteln. Du weißt, wie es ist, wenn du mit einer geschickten Lüge ausgetrickst wirst, du weißt, wie es ist, wenn du mit der

Wahrheit überrollt wirst, aber daß du mit Lügen überrollt wirst, das kennst du nicht, so Herr Lüdemann, der so lange über die Vergangenheit redete, bis sie für ihn wieder zur Gegenwart wurde. Und für mich auch, denn ich verliebte mich nicht nur in Judith – es war um mich geschehen, eine Redensart, die Herrn Lüdemann gefallen dürfte. Und obwohl es um mich geschehen war, hörte ich Herrn Lüdemann zu, wie auch Judith. Sie tun den Mund auf und lügen, sie schauen dir in die Augen und lügen, sagte Herr Lüdemann, alle Worte, Zeichen und Gesten formen sich zu Lügen, denen du nichts entgegenzusetzen hast, als einen Unglauben, einen durch nichts gerechtfertigten Unglauben, und ich sagte nicht etwa *Das verstehe ich* oder *Das kann ich mir vorstellen*, sondern ich sagte *Ich kenne das.* Es ist genau so, wie es Herr Lüdemann damals beschrieb, dachte ich, als ich die Mitte des beklemmend leeren Platzes erreicht hatte. Sie tun den Mund auf und lügen, sie schaun dir in die Augen und lügen, alle Worte, Zeichen und Gesten formen sich zu Lügen, denen du nichts entgegenzusetzen hast, als einen Unglauben, einen durch nichts gerechtfertigten Unglauben. Die Spieler täuschen und tricksen, zeigen einerseits Unschuldsmienen und Engelsgesichter, nachdem sie Dinge getan haben, die den Staatsanwalt interessieren müßten, wie sie sich andererseits am Boden krümmen und wälzen auf ein harmloses Antippen hin. Die Berührung einer Fingerkuppe an der Nasenspitze wird mir dargeboten wie ein K.-o.-Schlag, und wenn ein Stürmer fällt, ist überhaupt nicht gesagt, daß er überhaupt berührt wurde. Eine Unschuldsmiene ist für die Entscheidungsfindung genauso wertlos wie ein sich am Boden wälzender Spieler oder ein durch die Luft fliegender Stürmer. Der Fußballplatz ist ein einziges Lügentheater, genauer, ein halbes Lügentheater, und ich bin derjenige, der rausfinden muß, welche Hälfte gelogen und welche Hälfte nicht gelogen ist. Wenn jemand fällt, muß ich entscheiden, ob da geschoben, geschubst, gehalten oder beingestellt wurde – oder ob da gar nichts war, ob da nur etwas inszeniert wurde, das ich erstens glauben und zweitens pfeifen soll. Ich habe weniger Angst, etwas zu übersehen, als davor, etwas zu sehen, was nicht stattgefunden hat. Ich sehne mich nach den Zeiten, als ein Foul noch ein Foul war! Ich sehne mich nach den Zeiten, als Bestechungsversuche noch kriminell waren! Als sich jeder Schiedsrichter unbestechlich fühlen durfte, der das Geld zurückgewiesen hat, das ihm angeboten wurde. So, wie im Spiel die greifbaren Fouls seltener werden, ohne daß das Spiel fairer wird, werden auch die Betrugsversuche seltener, ohne daß es ehrlicher wird. Die Zeiten mit dem Umschlag sind vorbei. Heute komme ich in Hotelzimmer, die sind eingerichtet wie für die Flitterwochen, mit Blumensträußen und frischem Obst, mit einer Etagere voller Pralinen, mit Parfumpröbchen im Badezimmer und einem Betthupferl auf dem Kissen. Die Vereine, die uns die Zimmer nicht buchen dürfen, lassen dafür sogenannte Nettigkeiten ins Zimmer schaffen. Ist ja nicht verboten, solange sie nichts dafür erwarten, und niemand in den Vereinen, die mir die Blumen oder die Parfumpröbchen aufs Zimmer schaffen lassen, würde zugeben, dafür etwas von mir zu erwarten. Gastlich wollen sie sein, sagen sie, sich nicht lumpen lassen wollen sie, sagen sie, denn die Vereine erwirtschaften Unsummen, und es reicht für ein angenehmes Leben für viele, sagen sie, und die Fußball-Welt soll für alle, die dazugehören, die sich um sie verdient gemacht haben und noch machen, eine Welt voller kleiner Annehmlichkeiten sein, sagen sie. Außerdem, sagen sie, wird sich doch wohl kein Schiedsrichter von einem Blumenstrauß und ein paar Stückchen Konfekt bestechen lassen. Dabei wissen sie ganz genau – und das sagen sie nicht! –, daß jeder anständige Mensch das Gefühl der Dankbarkeit kennt, und daß jeder anständige Mensch, dem etwas Gutes getan wird, dieses auch zurückgeben will, und sie wissen auch, daß für einen Schiedsrichter die einzige Möglichkeit des Zurückgebens im Spiel besteht. Sie tun nett und freundlich und großzügig, die Vereine, aber in Wirklichkeit greifen sie zu der schamlosesten Form der Bestechung. Zu der »Wir-tun-doch-nichts-Verbotenes«-Form. Diese Form der Beeinflussung ist die mieseste Form, denn sie zwingt mich, wenn ich meine Unabhängigkeit nicht aufgeben will, mich undankbar zu zeigen. Sie zwingt mich, daß ich auf meinem Gefühl der Dankbarkeit sitzenbleibe, daß ich mich als undankbarer Mensch fühle, gäbe ich nicht meine Unabhängigkeit auf, was mich aber nur in noch größere Konflikte stürzen, ja, mich letztlich ungeeignet machen würde, auch nur noch eine Sekunde Schiedsrichter zu sein. Sie umzingeln mich mit ihrer Freundlichkeit, ihrer Zuvorkommenheit, ihrer Großzügigkeit, aber sie haben dabei nur eines im Sinn, nämlich, mich als Schiedsrichter völlig zu versklaven und zu vernichten, indem sie aus einem echten Unparteiischen einen Konzessionsentscheider machen, einen willfährigen, dankbarkeitsdurchtränkten Waschlappen. Unter allen Umständen unparteiisch zu sein bedeutet doch nicht, sich nicht beeinflussen zu lassen, wenn die ganze Mannschaft und obendrein die Ersatzbank mit weitaufgerissenen Augen, schreiend und armefuchtelnd auf mich zurennt. Unter allen Umständen unparteiisch zu sein bedeutet, sich von den besten, freundlichsten, luxuriösesten, schmeichelhaftesten und korrumpierendsten Umständen nicht beeinflussen zu lassen. Die innere Unabhängigkeit des Schiedsrichters gegenüber dem Geschehen auf dem Rasen, das Auf-keiner-Seite-Stehen ist sein Kapital, sein kostbarstes Talent. Mittendrin zu sein, nahe dran zu sein, über alles im Bilde und dennoch innerlich unbeteiligt zu sein, das befähigt mich, das zu tun, wofür ich da bin – und genau das soll mir mit Betthupferl, frischem Obst und Parfumpröbchen sanft entwunden werden. Indem auf meine Dankbarkeit spekuliert wird. Warum aber sollte ich auch nur einen Hauch meiner Unabhängigkeit hergeben? Wobei *ein Hauch hergegebener Unabhängigkeit* in der Schiedsrichterei gleichbedeutend ist mit *vollkommen preisgegebener Unabhängigkeit*. Gleichbedeutend mit sklavischem Ausgeliefertsein und hilflosester Ich-Entleerung. Die einzige Konzession, auf die ich mich einlasse, betrifft die Hülle, mit der ich mich umgebe, oder meinetwegen die Aura. Den Entschluß, eine Konzession zu machen, faßte ich, als ich mit Judith in der Nationalgalerie in Oslo vor dem Munch stand, vor diesem Bild, das Judith an meinen berühmten italienischen Kollegen erinnerte, der sich damals, als ich mit Judith vor jenem Bild stand, gerade anschickte, ein Star-Schiedsrichter zu werden. Vor diesem Bild stehend sagte Judith, daß mein italienischer Kollege nicht allein wegen seiner Glatze und seinen stechenden Augen berühmt ist, und schon gar nicht, weil er ein tadelloser Schiedsrichter ist. Seine Berühmtheit ist wie die Berühmtheit jedes Stars nur eine, die im Publikum entsteht, vom Publikum gewollt wird und die ihm aus dem Publikum zuwächst. Ein Sportler wird für eine Leistung berühmt, Stars werden berühmt, weil sich Millionen in ihnen spiegeln können, weil Millionen in ihnen etwas sehen, das sie kennen oder das sie selbst gern hätten. Es gibt nichts Willkürlicheres als die Tatsache, wer ein Star wird und wer nicht, sagte Judith. Und die Berühmtheit des italienischen Kollegen hat mit diesem Bild zu tun, sagte Judith, denn dieses Bild kennen alle, es ist das Sinnbild des zwanzigsten Jahrhunderts, das Sinnbild für die Höllenfahrt des zwanzigsten Jahrhunderts, für seine Grausamkeiten, sein Entsetzen, seine Schrecken, seinen unfaßbaren Horror. Alle haben dieses Bild schon mal gesehen, vielleicht nur in der Größe eines Urlaubsfotos und nur in Schwarzweiß in einer Zeitung, aber niemand kann dieses Bild vergessen. Vermutlich weiß der berühmte italienische Kollege nichts von seiner Ähnlichkeit mit dem berühmten Bild, hat vielleicht nie vor seinem künstlerisch verfremdeten Doppelgänger gestanden, vielleicht bin ich ja die erste und sogar die einzige, die diese Ähnlichkeit, diese Verwandtschaft benennen konnte, sagte Judith, das Bild betrachtend, aber ohne dieses Bild, das zweifellos das Original, *sein* Original ist, wäre er nur ein Clown, doch mit diesem Bild (oder über dieses Bild oder dank diesem Bild) ist er ein Zitat, und ihm wird – metaphorisch – derselbe Beifall zuteil wie amerikanischen Bandleadern, die für die profansten Ansagen von ihrem deutschen Publikum Beifall erhalten, nur als Zeichen, daß die Englischkenntnisse des Publikums ausreichten, der Ansage zu folgen. Der Beifall für den berühmten italienischen Kollegen ist ein Beifall unseres Unbewußten, das dadurch, daß es das italienische Zitat als berühmt erklärt, nur kundtut, daß es um das Original weiß. Und ich fragte Judith, weiter das Bild betrachtend, ob sie mir zutraue, das Unbewußte von Millionen anzusprechen. Judith sagte *Weiß nicht* und ging zum nächsten Bild. Und als ich das nächste Mal eine Rote Karte zog, da war mir bewußt, welche Chance in der Assoziation liegt, daß ein Spieler *unter die Dusche* geschickt wird. Laß es einen Hauch von Auschwitz haben, dachte ich. Niemand von denen im Stadion war dabei, aber alle haben eine vage, ungute Vorstellung davon, und ich sollte etwas zeigen, das mit deren Unbewußtem korrespondiert. Wie wäre es mit zackigen und eckigen Bewegungen, dachte ich, und versuchte mich zu bewegen, als ob eine Filmfigur der Stummfilmzeit auf dem Platz herumläuft. Wie wäre es mit knappen, abgehackten Gesten und Zeichen, und versuchte, es wie bei einer mechanischen Puppe aussehen zu lassen. Und so unerbittlich, wie man sich den herzlosen, sadistischen Bürokraten vorstellt. Wie wäre es mit einem Laufstil, bei dem gar nichts stimmt, dachte ich, und versuchte auszusehen wie ein stolpernder SS-Mann auf Rollschuhen. Es ist nicht leicht, auf dem weichen Rasen nur zackige und eckige Bewegungen zustande zu bringen. Aber so was wollen die Zuschauer, klare, zackige, diktatorische Zeichen. Der ganze Körper wird zu einer einzigen Geste. Einer *fanatischen* – auch so ein Goebbels-Lieblingswort –, einer fanatischen Geste. Und wenn ich einen Spieler unter die Dusche schicke, dann kommt ein Hauch von Auschwitz auf. Diese eine Konzession muß sein. Ohne diese Konzession geht es nicht. Ein Schiedsrichter stößt nämlich irgendwann an seine Grenzen. Ein Schiedsrichter kann nicht das Traumspiel abliefern, er kann nicht den schon nicht mehr für möglich gehaltenen Pfiff pfeifen, so wie ein Spieler ein Tor aus unmöglicher Position machen kann. … *und Schiedsrichter Fertig pfeift! Pfeift, pfeift, pfeift! Schiedsrichter Fertig gibt Elfmeter! Haben Sie diesen Pfiff gehört, liebe Zuschauer? Unglaublich! Fünf Spieler versperren die Sicht, und trotzdem ahndet Uwe Fertig dieses Handspiel, diese leichte Berührung beim Ballmitnehmen, ooch, das sieht man ja kaum in der Zeitlupe. Was für ein Auge! Ein Teufelskerl, dieser Fertig! Uwe, du bist ein Schiedsrichtergott!* Niemals werden die Reporter so von mir reden. Für uns ist als Superlativ, als höchster Titel *die Pfeife der Nation* vorgesehen. Wenn ein Spieler etwas vollbringt, von dem es heißt, es sei unglaublich, ist er ein Held, wenn ich etwas pfeife, von dem es heißt, es sei unglaublich, dann bin ich der Prügelknabe. Wenn in der Zeitung steht, ich sei der beste Mann auf dem Platz gewesen, dann ist gemeint, daß das Spiel unterirdisch war. Wenn in der Zeitung steht, daß ich der beste Mann war, dann nur, um damit die Spieler zu verhöhnen und klein zu machen. *Ihr Spieler wart noch kleiner als dieser Zwerg*, soll es bedeuten. Kein Schiedsrichter kann eine Partie so überragend leiten, daß die Fans darüber noch in dreißig Jahren in Begeisterung geraten. Ein Schiedsrichter kann nicht durch seine Leistungen unsterblich werden. Kein Schiedsrichter kann durch seine Leistungen unsterblich werden. Ein Schiedsrichter kann nur durch seine Fehlentscheidungen unsterblich werden. Es gibt Deutsche, die neunzehnhundertsechsundsechzig noch gar nicht geboren waren, und die trotzdem den Namen jenes Linienrichters kennen, der den Ball beim 3:2 von Wembley hinter der Linie gesehen haben will. Viele Fußballspiele verdanken ihren Legendenstatus Fehlentscheidungen, genauer gesagt: umstrittenen Entscheidungen. Höchst umstrittenen Entscheidungen. Es ist ja nicht so, daß Situationen, in denen höchst umstrittene Entscheidungen möglich sind, auf Bäumen wachsen. Ein Wembleytor fällt nur alle paar Jahre einmal. Drin oder nicht drin, das ist hier die Frage. Tausende Wiederholungen haben sie nicht aufklären können. Für deutsche Augen war der Ball nicht drin, kann er nie drin gewesen sein. Für englische Augen war er Lichtjahre hinter der Linie. Heute ist ein Wembleytor gar nicht mehr möglich. Heute gibt es die Zeitlupe und sechzehn, zwanzig Kameraperspektiven. Heute könnte man ein Tor geben, was keins war, aber wenige Momente nach der umstrittenen Entscheidung wird die Zeitlupe nachgereicht. Dann wird aus einer umstrittenen Entscheidung entweder eine richtige Entscheidung oder eine Fehlentscheidung. Es wäre ein Leichtes, strittige Situationen mit Zeitlupenwiederholungen zu entscheiden. Oder mit dem Chip im Ball. Eine Berufshaftpflichtversicherung für den Schiedsrichter ist einfach aus dem Grunde unvorstellbar, weil ihm die Beweismittel, die sein Versagen dokumentieren, in erdrückender Übermacht gegenüberstehen. Keine Versicherung der Welt wäre unter diesen Umständen bereit, Schiedsrichter im Rahmen einer Berufshaftpflichtversicherung zu versichern. Stünden Ärzte unter der gleichen gnadenlosen Beobachtung wie Schiedsrichter, dachte ich, die Jackentaschen nach dem Wagenschlüssel abklopfend, würde es keine Berufshaftpflichtversicherungen für Ärzte geben. Achtzig Prozent aller Fehlentscheidungen würden nicht passieren, wenn man sie ernsthaft würde eliminieren wollen. Die Technologie ist da. Aber man will die Unsicherheit, den menschlichen Faktor, den Irrtum. Man will die Fehlentscheidung. Denn die produziert Erregung. Und Erregung ist der Kerngedanke.

Fußball sieht man, um sich aufzuregen, und Fehlentscheidungen sind etwas, worüber man sich noch nach Jahren, Jahrzehnten aufregen kann. Deshalb gibt es nichts, womit ein Schiedsrichter dem Fußball mehr dienen kann, als eine Fehlentscheidung. Fehlentscheidungen sind das Kostbarste, was der Schiedsrichter dem Fußball geben kann. Ja, wenn im Fußball stets der Bessere gewinnen sollte, dann würden Fehlentscheidungen den Sport zerstören, ihn vernichten. Aber der Fußballsport hat sich ja schon längst zerstört. Als Sport gibt es ihn nicht mehr. Denn Wettkampfsport bedeutet, den oder die Besten zu ermitteln. Im Fußball geht's nicht darum, herauszufinden, wer der Bessere ist. Niemand wird ernsthaft behaupten, daß beim Fußball grundsätzlich die bessere Mannschaft gewinnt. Daß ein Ergebnis irgendeine Art von Klasse, von Überlegenheit oder Unterlegenheit ausdrückt. Wer sehen will, wie der Beste gewinnt, soll sich Weitsprungwettbewerbe angucken. Beim Fußball geht's darum, daß sich zwei Mannschaften irgendwie über neunzig Minuten zu einer Entscheidung durchwursteln. Und man hat sich darauf eingelassen, daß bei den meisten Spielen auch ein 0:0 eine

Entscheidung sein darf, obwohl das Wort Unentschieden genau das Gegenteil bedeutet. Das Unentschieden ist also gleichzeitig Entscheidung *und* keine Entscheidung. Das sagt wohl alles aus über den sportlichen Wert eines Ergebnisses. Fußball ist als Sport tot. Das Wort Fußballsport ist ja völlig aus der Mode gekommen, und zwar zu Recht. Es trifft einfach nicht das, was sich im Fußball abspielt. Man redet vom Fußballereignis, vom Fußball-Geschäft, vom Fußball-Spektakel. Aber nicht vom Fußballsport. Fußball lebt als Event, als Attraktion, als Kitzel, als Showereignis. Als eine Erregungsmaschine von ungeheurer Dimension. Die Erregung wird von allen Seiten gefüttert, und die Rolle der Schiedsrichter ist es, sie mit Fehlentscheidungen zu füttern. Allerdings keine x-beliebigen Fehlentscheidungen, sondern nur Fehlentscheidungen auf höchstem, auf allerhöchstem Niveau, ungewollt und schicksalhaft. Und natürlich ewig. Unsterbliche Fehlentscheidungen. Pfiffe lassen sich sowenig korrigieren wie die Schnitte eines Chirurgen. Weder Spieler noch Trainer, Manager oder Fans können Protest einlegen, den Rechtsweg beschreiten oder zu sonstigen Mitteln greifen, sowenig, wie auch kein Patient, kein Angehöriger, keine Schwester und kein Chefarzt den Schnitt eines Chirurgen rückgängig machen kann. Nicht mal ich selbst kann meine Entscheidungen rückgängig machen. Es ist einmal ein Tor gewertet worden, das der Schiedsrichter regelrecht erfunden hat. Das sogenannte Phantomtor. Der Ball ging ans Außennetz, die Zuschauer haben Tor gebrüllt, die Spieler haben die Arme hochgerissen. Der Schiedsrichter und sein Assi, der damals noch Linienrichter hieß, haben auf Tor entschieden. Tor für Bayern München gegen den FC Nürnberg. Das Spiel, das 2:1 endete, wurde neu angesetzt. Es wurde also nicht etwa das erfundene Tor abgezogen und nur die tatsächlichen Tore gezählt. Niemand schlug ernsthaft vor, das Spiel 1:1 zu werten. Weil ein gewertetes Tor eine Tatsache ist, egal ob es erzielt oder erfunden wurde. Dafür wurde das ganze Spiel für null und nichtig erklärt. Weil an den Tatsachen, die in dem Spiel entstanden sind, nicht zu rütteln ist, bleibt nur, das ganze Spiel zu negieren. Als hätte es nie stattgefunden. Niemand behauptet, das sei gerecht. Aber es ist stringent. Die Zuschauer, die sich für das ungültige Spiel Karten gekauft hatten, mußten sich auch für das zweite Spiel Karten kaufen. Dabei hatten sie, juristisch betrachtet, mit der ersten Karte eigentlich das Recht erworben, die Entscheidung zwischen dem FC Bayern und dem 1. FC Nürnberg direkt im Stadion zu erleben, und hätten demzufolge die Neuansetzung ohne weiteren Eintritt sehen dürfen. Aber sie bezahlten ohne Murren. Weil es nicht um eine Entscheidung, sondern um die Erregung geht. Erregung ist der Kerngedanke des Fußballs. Der Fußball wirft den Zuschauer in die Steinzeit zurück, macht aus ihm einen Steinzeitmenschen, der umhüllenden Zivilisation nicht würdig. Steinzeitmenschen müssen sich schlagen, müssen sich wehren und kämpfen. Jede Woche ein Kampf, gegen einen Bären, ein Mammut oder die Horde vom Wald nebenan. Jede Woche Aufregung, Mobilmachung, Gebrüll, Kampf, Opfer und das Gefühl von Sieg oder Niederlage. Und diese Fähigkeit zur Erregung trägt der Fan noch immer mit sich herum, aber unsere Zivilisation weiß nichts damit anzufangen. Der Steinzeitmensch fordert sein Recht, wenn es den Fan ins Stadion zieht. An vierunddreißig Samstagen im Jahr ist der Neandertaler los. Denn was sonst ist dran am Fußball, daß man sich so erregt? Fußball ist immer nur viel Lärm um nichts. Auch wenn es mittlerweile schon etwas mehr als nichts ist. Vom Fußball kann man nämlich schon längst nicht mehr sagen: Ist doch nur n Spiel. Mit dem Spruch werden Kinder getröstet, wenn sie vor Wut heulen, wenn sie die Figuren vom Brett fegen und wenn sie den Würfel an die Wand schmeißen. He, ist doch nur n Spiel. Zu einem Spiel gehört, daß im Spiel alles möglich ist – du gründest Imperien, du sammelst Leben, du kannst Millionär werden und wieder verarmen –, aber nach dem Spiel kehren alle zurück in die Wirklichkeit, und alles hat wieder so zu sein wie vorher. Ein Spiel muß folgenlos sein, sonst ist es kein Spiel. Wenn zwei Menschen nach einem Spiel nicht mehr miteinander reden, dann sagt man: Aus einem Spiel wurde Ernst. Fußball ist schon längst der Ernstfall schlechthin. Kein Mensch erwartet beim Fußball, daß es folgenlos bleibt. Ganze Industrien hängen da dran, Millionen von Existenzen. Nur jemand, der nun überhaupt keine Ahnung hat, sagt über Fußball: *Ist doch nur ein Spiel.* Mit einem Spiel hat Fußball nichts mehr zu tun. Das Fußball*spiel* ist systematisch vernichtet worden. Zuallererst und am gründlichsten von denen, die mit dem Fußball aufs engste verbunden sind. Was natürlich keinen intelligenten Menschen überrascht. Weil die sicherste Methode, eine Sache zugrunde zu richten, darin besteht, sich ihr enthusiastisch zu widmen. Immer sind es die sogenannten eifrigsten Verfechter, die sogenannten glühendsten Verehrer, die sogenannten engagiertesten Vertreter, die eine Sache in den Abgrund führen. Niemand anderes als die Kommunisten haben den Kommunismus in den Abgrund geführt. Und die größte Umweltverschandelung findet im Namen des Umweltschutzes statt, denn was anderes als die größte Umweltverschandelung sind sonst diese Windräder, die von den Umweltschützern als Errungenschaft des Umweltschutzes gefeiert werden? Umweltschützer, die mit Leuchten in den Augen erzählen, daß sie vor dreißig Jahren in Brokdorf von einem Wasserwerfer naßgespritzt wurden. Umweltschützer, die mit einem ergriffenen Beben in der Stimme erzählen, wie sie vor zwanzig Jahren in Wakkersdorf von der Polizei weggetragen wurden. Habt ihr euch dafür naßspritzen lassen, müßte man sie fragen und ihnen unsere von Windradmonstern verunstalteten Landschaften, die als *Windparks* kommuniziert werden, zeigen. Ist es das, was ihr gewollt habt, als euch die Polizei weggetragen hat, und sie, notfalls mit Polizeigewalt, gleich wieder hintragen in die größte Landschaftsbildverschandelung, die es je gegeben hat. Und so wie Umweltschützer die rücksichtslosesten Zerstörer der Umwelt sind und Kommunisten die effektivsten Vernichter des Kommunismus, so sind Frauenrechtlerinnen das größte Unglück für die Frauenrechtsbewegung. Kein anständiger, kein empfindender Mensch kann den Anliegen und Zielen der Frauenrechtsbewegung Sympathie verweigern, und zugleich ist es für einen anständigen und empfindenden Menschen unmöglich, gemeinsame Sache mit Frauenrechtlerinnen zu machen. Auch die Frauenrechtsbewegung ist durch ihre eifrigsten Verfechterinnen und engagiertesten Vertreterinnen in eine der peinlichsten Angelegenheiten überhaupt verwandelt worden, wie alles verwandelt wird, das denen in die Hände fällt, die etwas gezielt voranbringen wollen. Die sich eine Sache auf die Fahne geschrieben haben. Und so ist auch das Fußballspiel vernichtet worden, als Spiel, als Ist-doch-nur-ein-Spiel-Spiel, als Begegnung, die unbedingt folgenlos zu bleiben hat. Vernichtet von denen, die sich als seine größten Enthusiasten, als seine eifrigsten Verfechter und engagiertesten Vertreter ausgegeben haben. An mir als *Bester Verkäufer* der *Alle Leben* ist es, deren Alptraum, deren Sargnagel zu werden, dachte ich, als ich fast schon mein Auto erreicht hatte. Ich mußte nie meine Kunden und Klienten suchen, ich mußte nur die Tür aufmachen, und schon kamen sie; ein Schiedsrichter gilt als seriös, was viel wert ist in einer Branche, in der sich gern mit dem Kleingedruckten herausgeredet wird. Und plaudern wollten sie alle mit mir, über die großen Spieler und wie sie denn wirklich sind, rein menschlich, und schon war ich *Bester Verkäufer*. Als Schiedsrichter wache ich jeden zweiten Samstag in einem Hotel auf, auch an jenem Samstag, als mich Judith anrief, sie habe Bauchschmerzen, schlimme Bauchschmerzen. Ruf den Notarzt, sagte ich noch, und sie versprach es, und sagte nochmals, es tut so weh, doch ich war vierhundert Kilometer entfernt und hatte am Nachmittag das Spiel zu pfeifen. Als Judith mit dem Rettungsdienst ins Krankenhaus fuhr, fuhr ich mit dem Fahrstuhl zum Frühstück. Als Dr. Pahl ihr das Endoskop durch die Speiseröhre schob, ließ ich mir ein Nutellabrötchen schmekken, als das Endoskop sie verletzte, trank ich noch einen Orangensaft. Als Galle und Pankreassekret ihre Bauchhöhle füllten, füllte sich auch das Stadion, als Judith noch schlimmere Schmerzen bekam, als sie vorher schon hatte, machte ich Stretchübungen, als Dr. Pahl ihre *bretthharte Bauchdecke* feststellte, prüfte ich den Druck der Bälle. Als sich die Mannschaften auf dem Platz verteilt hatten, hatten sich auch Galle und Pankreassekret verteilt. Dann begann das Spiel, und ich pfiff es tadellos, der Spielbeobachter, der in Wirklichkeit ein Schiedsrichterbeobachter ist, machte auf dem Schiedsrichter-Bewertungsbogen alle Kreuzchen auf der linken Seite, da, wo sie hingehören, und ich hatte bis zum Abpfiff nichts von Judith gehört, aber ich war trotzdem voll bei der Sache, ohne Unkonzentriertheiten, ohne Abschweifungen, klare Linie. Dr. Pahl aber ließ Judith einfach liegen, beließ es bei Schmerzmitteln und hoffte, daß die Symptome abklingen. Aber Galle und Pankreassekret in der Bauchhöhle haben eine ätzende, die inneren Organe zersetzende Wirkung, haben eine tödliche Wirkung, allerdings kommt der Tod nicht schnell, sondern langsam und qualvoll. Das Spiel pfiff ich ohne Unkonzentriertheiten und Abschweifungen, klare Linie, und die Kreuzchen waren hinterher alle links, doch um Judith war es geschehen. Es tut so weh, war das letzte, was ich von ihr hörte, und als ich im Krankenhaus war, hatte sie bereits das Bewußtsein verloren, und es war nichts mehr zu machen. Wenn jemand dagewesen wäre, wenn jemand Druck gemacht hätte, wenn jemand Judiths Verlegung in die Spezialklinik gefordert hätte … Eigentlich sollte ich mich anklagen, dachte ich, als ich mit der Fernbedienung die Wagentüren entriegelte, aber in einem Verfahren, in dem ich sowohl Antragsteller als auch Vertreter des Antragsgegners bin, spiele ich schon genug Doppelrollen. Auf zwei Seiten stehen, das kann ich nicht, dann schon lieber achtzigtausend, die schreien und brüllen und fluchen und mich beschimpfen. Herr Lüdemann hat sich nicht an der Klage gegen Dr. Pahl beteiligt, *Anmaßung* sagte er immer wieder, er, der Vater, der durch das Nichtstun von Dr. Pahl die

Tochter verlor, wollte nicht *dem Antrag beitreten*, wie es in der Juristensprache hieß, sondern er sagte immer wieder *Anmaßung*. Wir gestatten diesen Chirurgen, daß sie uns den Leib aufschneiden, sagte Herr Lüdemann, wir gestatten ihnen, daß sie uns das Herz anhalten, und vertrauen darauf, daß sie es danach wieder in Gang setzen. Wir gestatten ihnen, daß sie uns Organe aus dem Körper schneiden oder daß sie uns fremde Organe einsetzen. Stundenlang dürfen sie mit gefährlichen, mit tödlichen Schneidwerkzeugen zwischen unseren Eingeweiden hantieren, dürfen unseren Brustkorb aufklappen wie einen Bildband und das Herz offenlegen. Es ist eine Anmaßung, einen Arzt Dinge tun zu lassen, die um Haaresbreite, um einen Wimpernschlag an Totschlag grenzen, und gleichzeitig von ihm zu erwarten, daß es niemals dazu kommt. Es ist ein Wunder, daß es nicht öfter dazu kommt, sagte Herr Lüdemann. Wir lassen sie Adern aus unserem Bein nehmen und sie am Herzen wieder ansetzen. Wir lassen sie arbeiten, als sei der Körper ein Hobbykeller: Sie tackern, schrauben, hobeln, bohren, sägen, nageln, fräsen, kleben und nähen. Wir haben ein ozeanisches, ein so monströses

Vertrauen in die Chirurgen, sagte Herr Lüdemann, und dazu gibt es kein Äquivalent, kein balancierendes Mißtrauen. Kann es auch gar nicht geben. Jemanden, dem ich gestatte, daß er mein Herz anhält, daß er mir den Bauch mit einem Schnitt vom Brustbein bis zum Schambein öffnet, den kann ich nicht anzweifeln. Das ergäbe überhaupt keinen Sinn. Götter in Weiß sind sie doch nicht durch ihr Gebaren, sondern dadurch, daß wir uns vollständig in ihre Hand begeben. Ich will auch keinen verunsicherten Chirurgen, sagte Herr Lüdemann, ich will nicht, daß der, der mein Herz anhält, auch nur den Hauch eines Zweifels hat, ob er es wieder zum Schlagen bringt. Natürlich, in deiner Schiedsrichterei wird alles bis in die letzte, unsinnigste Faser der Materie durchdiskutiert, wird viel Zeit damit zugebracht, über Belanglosigkeiten zu sprechen. Dafür haben wir Worte. Drin oder nicht drin. Solange wir nicht über die großen und tiefen Dinge sprechen können, müssen wir über die kleinen und flachen Dinge sprechen. Solange wir die richtigen Worte nicht haben, müssen wir die flachen benutzen. Solange wir die bedeutenden Dinge nicht entsprechend behandeln können, sagte Herr Lüdemann, behandeln wir Unbedeutendes, als sei es wichtig und groß. Das, was die Ärzte machen, ist Ernst, blutigster Ernst. Es ist eine *Anmaßung*, die Ärzte, zu denen wir in den entscheidenden Minuten grenzenloses Vertrauen haben müssen, in dein System zu verfrachten, hineinzuzwingen, hineinzuschrumpfen. Bei dir geht es um den lächerlichen, grundschulhaften Anspruch, keine Fehler zu machen. Ein Arzt hat das Problem, diesem alles übersteigenden, gleichsam perversen Vertrauen in sein Können gerecht werden zu müssen. Wer sich *unters Messer legt*, sagte Herr Lüdemann in der ihm eigenen Lust, Wörter beim Wort zu nehmen, überantwortet sich einer Gewalt, einer tödlichen Gewalt. Wer sich unters Messer legt, darf hoffen, aber nicht fordern und hinterher auch nicht klagen. Wenn die Maske mit dem Lachgas aufs Gesicht gedrückt wird, wenn der Stahl die Haut berührt, geht der Patient einen anderen Zustand ein – er überantwortet sich einem anderen. Er nötigt einem Fremden die Verantwortung für sein Leben auf. Was für eine Anmaßung! Wird der Patient geheilt, ist der Retter schnell vergessen. Stirbt der Patient, wird er dem Leichenheer beitreten, das sich nächtens vorwurfsvoll am Bett des Arztes versammelt. Es ist eine *Anmaßung*, einen Arzt der Körperverletzung mit Todesfolge zu bezichtigen, nachdem der sich auf Judiths Wunsch, auf Judiths Flehen hin zur Endoskopie entschloß. *Anmaßung*, auf diesem Wort hatte Herr Lüdemann immer wieder herumgebissen, als ob er wütend darüber sei, daß sich dieses Wort nicht beim Wort nehmen ließ, daß es so zutreffend und doch so wenig entgegenkommend war. Eine *Anmaßung* sei meine Klage gegen Doktor Pahl, wie auch dieser ganze Prozeß eine *Anmaßung* sei, in dem der Tod Judiths mit der Verantwortung eines Arztes und den monetären Interessen einer Versicherungsgesellschaft munter zusammengerührt würden, und ein im Taktieren versierter, grundsätzlich aber desinteressierter Gutachter, ein Schlecht-, Un- und Übelachter die Schlüsselrolle spielen würde. Daß von den achtzig Millionen Deutschen ausgerechnet ich derjenige bin, der die ärztlichen Berufshaftpflichtversicherungen der *Alle Leben* und damit auch die Berufshaftpflichtversicherung von Dr. Pahl betreute, setze der Lächerlichkeit die Krone auf. *Anmaßung, nichts als Anmaßung*, hatte

Herr Lüdemann immer wieder gesagt, er, der die Wörter so gern beim Wort nahm. Vielleicht hatte er *Grausamkeit* gemeint, aber das Wort nicht benutzt, weil es ihm zu altmodisch erschien, dachte ich, als ich mein Auto erreichte und auf dem Beifahrersitz die Blumen sah, die ich Judith heute, an ihrem Vierunddreißigsten, noch aufs Grab legen wollte. Der Blumenladen gegenüber dem Friedhof hatte nur Blumen, die nicht schön, dafür aber teuer waren; deshalb kaufte ich die Blumen immer bei mir um die Ecke, da, wo ich auch früher, als Judith noch lebte, Blumen kaufte. Die Verhandlung hatte nur 50 Minuten gedauert, wie eine Halbzeit mit etwas Nachspielzeit; die Blumen waren natürlich frisch geblieben. Blumen, dachte ich. Die gab es lange vor den Wörtern und vor den Prozessen, und die wird's auch dann noch geben, wenn es lange keine Wörter mehr gibt, und keine Prozesse, und das tröstete mich.

Alek Popov
Mission: London
Roman

Alek Popov gelingt mit »Mission: London« ein fulminantes Romandébut: Er präsentiert mit viel Sprachwitz eine groteske Handlung, die aber in der karikaturhaften Übertreibung den Blick für das Wesentliche schärft.
Ulrich M. Schmid, *NZZ*

Wer bislang Autoren wie den Polen Andrzej Stasiuk oder den Ukrainer Jurij Andruchowitsch für die lebendigsten Stimmen des europäischen Ostens hielt, wird sich in Zukunft auch den Bulgaren Alek Popov merken müssen.
Erich Klein, *Ex Libris*

Der Balkan schreibt zurück – in Gestalt von Alek Popov.
Gunnar Luetzow, *Berliner Morgenpost*

Alek Popovs Buch strotzt vor Aberwitz, Ironie und der Lust zu fabulieren.
Holger Böthling, *Berliner Literaturkritik*

Wie Dimitré Dinev, kann sich auch Alek Popov ohne Abstriche mit Erfolgsautoren wie John Irving oder T. C. Boyle messen.
Alfred Ohswald, *buchkritik.at*

»Mission: London« ist ein so urkomischer wie tieftrauriger Blick auf die comédie humaine der modernen Verwaltungsgesellschaft – Kracauer live und heute, sozusagen.
Pieke Bierman, *Deutschlandradio*

So lustig, dass man am Ende weinen möchte ...
Georgii Tsankov, *Vestnik za zenata*

Norbert Müller
Easy Deutschland
Roman

Norbert Müller erweist sich mit seinem Roman »Easy Deutschland« als einer der gewieftesten Humoristen deutscher Sprache.
Katharina Rutschky, *Frankfurter Rundschau*

Der Titel dieses Romans ist der blanke Hohn … ein leichter, angenehm unsentimentaler Blick auf ein mittleres Deutschland, den Norbert Müller hier bietet.
Frank Meyer, *Deutschlandradio*

Easy Deutschland. Also, wenn dieses grausam zusammengeschweißte Begriffspaar kein Witz ist! In diesem Buch erscheint Leben in Deutschland, besonders das Zusammenleben, alles andere als selbstverständlich. Stellt sich die Frage, wie man Ausländer in einem Land integrieren soll, in dem die Einheimischen selbst – zumindest die hier vorbeizappelnde Generation orientierungslos – nicht integriert sind.
Frank Kaufmann, *Titel Magazin*

Während die eitlen und selbstmitleidigen Figuren versuchen, ihre Haut zwischen den feindlich gesonnenen Mitmenschen zu retten, überschütten sie die jeweils anderen mit Spott und Verachtung. In dieser Spannung zwischen selbstverliebter Selbstwahrnehmung und gnadenloser Fremdwahrnehmung liegt der Humor des Romans. Und seine Lebensnähe. Diese Witzfiguren, das sind wir selber.
Cornelia Gellrich, *Berliner Zeitung*

Wer »Anleitung zum Unglücklichsein« von Paul Watzlawick gelesen hat, könnte »Easy Deutschland« als die Romanfassung verstehen.
Christine Spies, *Drehpunktkultur*

Dan Lungu
Das Hühnerparadies
Ein falscher Roman aus
Gerüchten und Geheimnissen

Was spielt sich alles in einer ruhigen Straße am Rande einer postkommunistischen Provinzstadt ab? Sie werden staunen, so einiges – zumindest in den Köpfen der Einwohner. Entweder in Rente oder arbeitslos, verbringen die Bewohner der Akazienstraße ihre Zeit zumeist in der Kneipe »Zerknautschter Traktor«, denn das Klatschbedürfnis blüht. In ihrem Leben am Rande der Geschichte wird der »Zerknautschte Traktor« zum Dreh- und Angelpunkt der Gerüchteküche. Dort wird eine Serie merkwürdiger Ereignisse kommentiert, dort werden fantasiereiche Zukunftspläne geschmiedet. Was verbirgt sich hinter den Gemäuern des Hauses des Obersts? Wie macht man mit Regenwürmern Geld? Diese und viele andere Fragen gilt es zu beantworten, und im Zuge der Konversation verflüchtigt sich auch schon die Realität. Zwischen den Gespenstern der Vergangenheit und dem Phantom der Zukunft entsteht eine neue Welt, die ihren eigenen Gesetzen gehorcht. Mit dem Hühnerparadies ist Dan Lungu ein Roman gelungen, der durch Humor, Eleganz und Vitalität besticht.